PEOPLE

A Man
Without A country

沒有國家的人

*

Kurt Vonnegut

馮內果 著

劉洪濤等 譯

THERE IS NO REASON
GOOD
CAN'T TRIUMPH
OVER EVIL,
IF ONLY ANGELS
WILL
GET ORGANIZED
ALONG THE
LINES
OF THE MAFIA.

善

沒有理由

戰勝不了惡，

只要天使們

能像黑手黨那樣

組織起來。

[目錄]

OH, A LION HUNTER
IN THE JUNGLE DARK,
AND A SLEEPING DRUNKARD
UP IN CENTRAL PARK,
AND A CHINESE DENTIST
AND A BRITISH QUEEN
ALL FIT TOGETHER
IN THE SAME MACHINE.
NICE, NICE,
SUCH VERY DIFFERENT
PEOPLE IN THE SAME
DEVICE!

— BOKONON

喔，黑暗叢林中的獵獅人，

中央公園裡的熟睡醉漢，

中國牙醫，

英國女王，

這些人全都安裝在同一部機器裡。

很好！很好！

如此天差地遠的人

竟然都在同一具裝置裡！

——布克農（Bokonor）[1]

1　布克農：馮內果小說《貓的搖籃》裡的主角。

I

我是家裡的老么。任何家庭的老么總是愛開玩笑的，因為開玩笑是加入大人談話的唯一辦法。我姊大我五歲，我哥大我九歲，而我父母都很健談。因此小時候，在晚餐桌上，我總是讓所有人厭煩。他們不想聽我那些幼稚又傻氣的小孩子新聞。他們想談正經事，一些發生在高中、大學或工作上的事。因此，我能加入談話的唯一辦法就是講一些滑稽有趣的事情。我想最初，我一定是不小心講了一句雙關語或諸如此類的話，結果把他們的談話給打斷了。於是我發現，開玩笑是加入成人聊天的好辦法。

　　我成長於大蕭條時代，那時，這個國家有非常出色的喜劇。收音機裡活躍著一堆絕對頂尖的喜劇家。我沒刻意模仿，但確實從他們身上學到不少東西。整個青少年時期，每天晚上我至少要聽一個小時的喜劇，我對什麼是玩笑，還有如何開玩笑，真是非常感興趣。

　　搞笑時，我會盡量不去冒犯別人。我想，我開的玩笑大部分都談不上低級。我想，我很少讓別人受窘，也很少令別人痛苦。唯一會讓大家吃驚的是，我偶爾會用一兩個髒字。有些事情是不能鬧著玩的。比方說，把納粹集中營改編成幽默故事或滑稽短劇，那是我無法想像的。我也不可能拿甘迺迪或金恩博士（Martin Luther King）的死開玩笑。不過除此之外，我想不出還有什麼是需要避諱的，還有什麼是不能為所欲為的。就像伏爾泰所描寫的，所有的人類浩劫都極其有趣。你知道，里斯本大地震就很好玩。

　　我目睹過德勒斯登（Dresden）的毀滅。我見過這座城市先前的模樣，從空襲避難所出來以後，我又見識到了它被轟炸後的慘狀，我的反應之一當然是笑。上帝知道，這是靈魂在尋找寬慰。

　　任何題材都可以當成笑料。我想，納粹集中營的死難者也

會發出一種陰森恐怖的笑。

　　幽默可說是對於恐懼的生理反應。佛洛伊德說過，幽默是面對挫折時的一種回應——幾種回應之一。他說，當一條狗出不了門時，牠會亂抓亂咬，開始刨地，做些沒意義的動作，或是咆哮吼叫等等，牠用這些反應來面對挫折、驚訝或恐懼。

　　大笑是由恐懼引起的。多年前，我做過一個滑稽電視節目。當時的編排基本原則是，每一集都要提到死亡，而且得用這個元素讓觀眾笑得半死，卻又搞不清我們是怎麼讓他們捧腹大笑的。

　　還有一種膚淺的笑。例如鮑勃·霍伯（Bob Hope）[1]就不是真正的幽默家，他只是個淺薄的喜劇演員，從不提起任何傷腦筋的事。對於勞萊哈台，我也總是一笑置之。從某種程度上來說，這是真正的悲劇。這些人太討人喜歡，以致無法在這個世界上倖存，他們始終處在危險之中。他們很容易被扼殺。

　　即便是最單純的玩笑，也是基於恐懼所喚起的些微刺痛，

1　霍伯（1903-2003）：英國出生的美國喜劇、電影演員。

像這個問題：「鳥糞中白白的東西是什麼？」剎那間，聽眾像是在課堂上被叫起來回答問題似的，很怕自己會說出什麼蠢話。等他聽到答案是「也是鳥糞」時，不禁大笑起來，想用笑聲驅散那股習慣性的恐懼。事實上根本沒人在測試他。

「為什麼消防隊員要佩戴紅色背帶？」以及「為什麼他們要把喬治・華盛頓埋在一座小山丘旁？」諸如此類。

還有一種東西叫沒有笑聲的玩笑，這是千真萬確的。佛洛伊德把它稱做絞刑架上的幽默。現實生活中就有這種情形，那是一種完全絕望的狀況，一點辦法也沒有。

德勒斯登大轟炸時，我們坐在地下室裡，用手臂抱著頭，免得被落下的天花板砸到。這時，一名士兵說道：「我很好奇，今天晚上那些窮人家都在幹些什麼。」那口氣，就好像他是某個寒冷雨夜裡住在豪華大宅中的公爵夫人似的。沒有人笑，但我們都很高興他說了這段話。至少我們還活著。他證明了這一點。

I WANTED ALL
THINGS TO SEEM TO
MAKE SOME SENSE,
SO WE COULD ALL BE
HAPPY, YES, INSTEAD
OF TENSE. AND I
MADE UP LIES, SO
THEY ALL FIT NICE,
AND I MADE THIS
SAD WORLD A
PARADISE.

我想讓所有的事情看起來都合情合理，
這樣，我們全都能得到幸福，
沒錯，我們就不用緊張了。
我編了謊話，
所以他們都很高興，
於是我把這個悲慘的世界
變成了一座樂園。

2

你知道笨蛋是指什麼嗎？六十五年前，我在印第安那波里斯
（Indianapolis）的蕭特里基（Shortridge）高中讀書時，「笨蛋」
是指齜著假牙、叼著菸捲，把計程車後座上的按鈕咬掉的傢
伙。（「畜生」則是指對著女孩子的自行車座墊死命聞個不停
的傢伙。）

我認為，任何沒有讀過〈梟溪橋事件〉（Occurrence at Owl
Greek Bridge）的人都是笨蛋，那是美國最偉大的短篇小說，出
自安布羅斯・比爾斯（Ambrose Bierce）[1]之手。它可一點也沒脫
離政治。它是美國天才的完美典範，就像艾靈頓公爵（Duke

1　比爾斯（1842-1914）：美國諷刺小說家，以撰寫《魔鬼辭典》而著名。

Ellington）的名曲〈世故的女人〉（Sophisticated Lady）[1]，或是富蘭克林發明的火爐（Franklin stove）[2]。

我認為沒讀過托克維爾（Alexis de Tocqueville）的《美國的民主》（*Democracy in America*）的人都是笨蛋。再也不可能有另一本書，可以把我們政治體制的力量和弱點談得這麼精闢。

想看看這本偉大的著作嗎？他說，而且這是他在一百六十九年前說的，沒有哪個國家像我們這樣愛錢，對錢有這麼強烈的感情。沒錯吧？

法籍阿爾及利亞作家卡繆（Albert Camus），他是 1957 年諾貝爾文學獎的得主，他曾寫道：「這世上只有一個真正嚴肅的哲學問題，那就是自殺。」

所以說，文學是另一個笑料桶的來源。卡繆死於交通事故。他的生卒年？西元 1913 至 1960。

你發現了嗎？所有偉大的文學作品寫的都是無賴的故事，《白鯨記》、《頑童歷險記》、《戰地春夢》、《紅字》、《鐵血勳章》（*The Red Badge of Courage*）、《伊里亞德》、《奧德賽》、《罪與罰》、《聖經》以及〈輕騎兵進擊〉（The Charge of the Light Brigade）──無賴也是人類的一分子嘛。（有人這麼說難道不是一種解脫嗎？）

1　艾靈頓公爵（1899-1974）：美國的爵士樂作曲家，演奏家，爵士樂發展史上的重要人物。
2　富蘭克林火爐：由富蘭克林（Benjamin Franklin）於 1740 年發明的燒柴火爐，形似壁爐，至今仍大量使用。

　　我認為，進化有可能帶我們下地獄。我們犯了多大的錯誤啊！我們用交通工具狂歡了一個世紀，嚴重傷害了這個維持我們生命的美妙星球，在整個銀河系中這可是唯一的一個。我們的政府正在領導一場反對毒品的戰爭，不是嗎？讓他們追逐石油去吧！去吹捧那致命的快感！你放一些這玩意兒在你的汽車裡，就能把它開到時速一百英里，輾過鄰居家的狗，把大氣層撕成碎片。嘿！既然我們給插上了「智人」的標籤，為什麼我們周遭的世界會這樣一團亂？讓我們打碎整個生物鏈吧。有人弄到原子彈了嗎？現在有誰沒有一顆原子彈的？

　　但是，我不得不替人類辯護一句：不管歷史上的哪朝哪代，包括伊甸園時代在內，大家都曾走到這步田地。而且，除了伊甸園時代之外，這些遊戲早就進行到可以教人瘋狂的程度，就算剛開始的時候你沒打算這麼瘋。有些教人瘋狂的遊戲一直持續到今天，像是愛與恨，自由主義和保守主義，汽車和信用卡，高爾夫，還有女子籃球。

　　我是生在大湖區的美國人，大湖區的淡水居民屬於大陸，不屬於海洋。每次我在大海裡游泳時，感覺都好像是在雞湯裡游泳。

　　和我一樣，美國的許多社會主義者也都是大湖區的淡水人。大多數的美國人都不知道，社會主義者在二十世紀前半期到底做了些什麼，他們用藝術、用口才、用組織技巧來提高美國工薪階層——也就是我們這些工人階級——的自重、尊嚴和政治敏銳度。

　　掙工資的人沒社會地位、沒受過高等教育、沒財富，但他們可不是沒腦子的，這點有事實為證：美國歷史上最傑出的兩位作家和演說家，都是自學成才的勞動者，他們談的都是最深刻的一些主題。我指的當然是來自伊利諾州的詩人卡爾・桑德堡（Carl Sandburg）[1]，以及出生在肯塔基，隨後移往印第安那，最後落腳於伊利諾的林肯。我可以說，他們和我一樣都是大陸人，是大湖區的淡水人。還有一個大湖區人也是傑出的演說家，他是社會黨總統候選人尤金・戴布茲（Eugene Victor Debs）[2]，他以前是個火車消防隊員，出生於印第安那州特雷霍特（Terra Haute）一個中產階級家庭。

　　我們的隊伍萬歲！

1　桑德堡（1878-1967）：美國詩人，歷史學家。著有詩作《芝加哥》（*Chicago Poems*）、《早安，美國》（*Good Morning, America*）、《人民，是的》（*The People, Yes*）。
2　戴布茲（1855-1926）：美國勞工領袖，社會黨創始人，1900-1920年間五次出任社會黨的美國總統候選人。因參與政治反抗活動，被判入獄十年。

比起「基督教」，「社會主義」不再是個邪惡的字眼了。就像基督教並不等同於西班牙宗教裁判所，社會主義也不再用來特指史達林和他的祕密警察，還有勒令教堂關閉。事實上，基督教和社會主義一樣，都致力於建立一個使所有男人、女人和孩子一律平等的社會，一個消除飢餓的社會。

順便提一句，希特勒是個買一送一的廉價品。他給他的黨取名國家社會主義，也就是納粹。很多人都以為希特勒的納粹黨徽是個異教符號，事實並非如此。那是一個工人基督徒的十字架，由斧頭和工具所組成。

馬克思說過：「宗教是人民的鴉片。」因為這句話，讓那些壓迫宗教的行為取得了正當性，像是史達林的關閉教堂，還有今日中國的搗毀寺廟。馬克思是在1844年說這句話的，那時候，鴉片和鴉片酊是唯一有效的止痛劑，人人都可以使用。馬克思也吃過鴉片。他很感激鴉片帶給他的短暫放鬆。他只是注意到這個事實：宗教也可以讓那些處於經濟或社會困境中的人得到寬慰，他完全沒有譴責這項功能的意思。他的話只不過是漫不經心的老生常談，並不是什麼正式宣言。

順道提一句，當馬克思寫下這些話的時候，我們甚至還沒廢除奴隸制度呢！如果把時間拉回當時，你覺得，在仁慈的上

帝眼裡，他會比較喜歡誰呢？是馬克思？還是美利堅合眾國？

　　史達林很樂意把馬克思的老生常談當成政令，中國的獨裁者也一樣，因為這句話似乎給了他們特許狀，可以名正言順的驅逐教士和僧侶，因為這些人可能會講他們的壞話，或破壞他們的事業。

　　這句話也讓我們國家的許多人有了藉口，可以指責社會主義者是反宗教的，是反上帝的，因此是絕對令人憎惡的。

　　我從未見過桑德堡或戴布茲，但我希望能見到他們。在這些國寶面前，我一定會變得結結巴巴。

　　我認識他們那一輩的一位社會主義者——印第安那波里斯的鮑爾斯·哈古德（Powers Hapgood），他是個典型的印第安那理想主義者。社會主義就是理想主義。哈古德和戴布茲一樣，出身中產階級，他認為我們國家在經濟上應該更公平。他想要一個更好的國家，就只是這樣。

　　哈佛畢業以後，他去當礦工，激勵他的工人弟兄組織起來，爭取更好的工資和更安全的工作環境。1927年時，他也領導了一群抗議者，反對麻薩諸塞州處死無政府主義者薩柯（Nicola Sacco）和萬澤蒂（Bartolomeo Vanzetti）[1]。

　　哈古德家族在印第安那波里斯擁有一家罐頭食品廠，經營

1　薩柯與萬澤蒂案：美國麻薩諸塞州一場延續了七年（1920-1927）的謀殺罪審判案件。被告薩柯和萬澤蒂是義大利移民，無政府主義者，以謀殺罪被捕。他們的審判因充滿種族歧視色彩，引發了廣泛的社會抗議活動。被告最後被判處死刑。這起事件後來成為馮內果小說《囚犯》（Jailbird）裡的一個重要情節。

得很成功。後來哈古德繼承了這家工廠，他把工廠轉交給雇員，他們把工廠給毀了。

　　第二次世界大戰結束後，我們在印第安那波里斯相逢。他已經成為產業工會聯合會（CIO）的一個頭頭。當時，因為某次示威罷工的警戒線上發生了一些騷亂，他正為此在法庭上作證。法官放下了手中的所有事情，問他說：「哈古德先生，你站在這裡，你是個哈佛畢業生。像你條件這麼好的人，為什麼要選擇過這種生活？」哈古德這樣回答法官：「為什麼？大人，因為『登山寶訓』[1]。」

　　再說一次：我們的隊伍萬歲！

　　我來自一個藝術之家。而現在，我也以藝術謀生。這不是叛逆，我只是繼承家族的衣缽，就像埃索家族接管加油站一樣。我的祖先都是搞藝術的，我只是按照家族的傳統慣例，靠藝術過活。

　　我的父親是個畫家和建築師，他在大蕭條時期深受打擊，

1　「登山寶訓」：《新約‧馬太福音》第五至七章的通稱，是耶穌向門徒宣講真正的基督徒、真正的天國子民該有的道德準則，也稱為《天國大憲章》。

沒法賺錢養家，所以他認為我最好別跟藝術有半點牽扯。他告
誡我要遠離藝術，因為他發現想靠藝術來賺錢根本行不通。他
告訴我，如果我想上大學，就得學些嚴肅的東西，學些實用的
東西。

　　唸康乃爾大學時，我主修化學，因為我哥哥是個鼎鼎有名
的化學家。批評家認為，一個人要是接受技術教育，就不可能
成為嚴肅的藝術家，就像我這樣。我知道，大學英語系的學生
通常都比較畏懼化學系、物理系和工程系所教的課程，因為他
們搞不清這些學科究竟在教什麼。我想，這種畏懼也被帶進了
評論界。我們大多數的評論家都是英語系出身的，他們對那些
愛好科技的人非常懷疑。不過無論如何，雖然我是主修化學，
但我最後卻成了英語系的老師，於是我把科學思維帶進了文學
界。只是好像沒什麼人對此心懷感激就是了。

　　我變成了所謂的科幻小說家，因為有某個人判定我是科幻
小說家。我可不想被歸到那一類，所以我懷疑，我八成是在哪
裡冒犯了某個人，因此得不到他們的信任，害我成不了嚴肅作
家。我斷定這是因為我寫了有關科技的東西，而就算是第一流
的美國作家，對於科技也是一無所知。我之所以被歸入科幻小
說家，只是因為我寫了紐約的十拿化工公司（Schenectady）。

　　我的第一本書《自動鋼琴》（*Player Piano*）就是關於十拿公司。十拿化工除了巨大的工廠之外，什麼都沒有。我和我的同僚都是工程師、物理學家、化學家和數學家。當我描寫奇異公司和十拿化工時，對那些從沒見過這類地方的評論家來說，我寫的東西簡直就是未來幻想曲。

　　我認為，把科技排除在外的小說根本就是歪曲生活，那和維多利亞時代的小說一樣糟糕，後者是因為把性排除在外而歪曲生活。

　　1968 年，我寫《第五號屠宰場》（*Slaughterhouse Five*）的時候，我終於成熟到可以寫德勒斯登大轟炸了。它是歐洲歷史上最大規模的一場屠殺。我當然知道還有奧許維茲集中營，但大屠殺是突然發生的事，在很短的時間把所有人都殺死。1945 年 2 月 13 日，在德勒斯登，十三萬五千人一夜之間全死於英國的炸彈空襲。

　　那純粹是一種毫無道理、漫無目標的破壞。整個城市遭到

毀滅，這是英國人的暴行，不是我們的。他們夜間派來了轟炸機，用一種新式燃燒彈在整座城裡燃起大火，除了我這一小群戰俘外，一切生命都被大火吞噬。這是一次軍事實驗，測試的目標是：能否透過從空中投擲燃燒彈把整個城市給焚毀。

當然，身為戰俘，我們親手處置德軍屍體，把因窒息而死的屍體從地下室挖出來，抬到一處巨大的火葬場。後來我聽說，但我沒有親眼目睹，他們放棄了這套步驟，因為太慢了。當然，城裡的味道已經相當難聞了。他們改用火焰噴射器把這些傢伙燒掉。

為什麼我和我的戰俘同伴沒有死，我不知道。

1968年時，我是個作家。一個寫手。我寫任何能掙錢的東西，這你知道。什麼是地獄？我見過那東西，我就是從地獄裡出來的，所以，我想寫一本關於德勒斯登的書來賣錢。你知道，就是那一類會被拍成電影的書，由狄恩·馬汀（Dean Martin）和法蘭克·辛納屈（Frank Sinatra）以及其他人來扮演我們。我試著寫，但怎麼寫都不對勁。寫的全是垃圾。

於是，我去了一個朋友的家——伯納德·奧赫爾（Bernie O'Hare），他曾經是我的戰友。我們試著回憶在德勒斯登當戰俘時講過的有趣素材，那是一些頂呱呱的素材，能用來拍一部

精采的戰爭片。然後他的妻子瑪麗勃然大怒，她說：「當時，你們什麼也不是，只是小孩而已！」

　　對士兵來說，這是真的。他們事實上都是孩子。他們不是電影明星。他們不是「公爵」約翰・韋恩（Duke Wayne）。認識到這個關鍵問題之後，我終於能夠暢所欲言地講出真話了。我們只是孩子，於是《第五號屠宰場》的副標題成了「兒童十字軍」。

　　為什麼我得花上二十三年的時間才能寫出我在德勒斯登的經歷？我們全都帶著一堆故事回家，我們全都想以這種或那種方式把它們換成現金。而瑪麗・奧赫爾實際的意思是：「你們為什麼不改變一下，講一講真話呢？」

　　海明威在第一次世界大戰之後寫了一個短篇，叫〈士兵之家〉（A Soldier's Home），講的是當一名士兵回家之後，問他在戰場上看見了什麼，是多麼粗魯的事。我想有很多人，包括我在內，當被老百姓問起關於打仗和戰爭之類的事情時，都會一言不發。這是一種時尚。你知道，要想讓別人對你的戰爭故事印象深刻，最好的方式之一就是一言不發。這樣，老百姓就不得不去想像各種蠻勇的行動了。

　　但是，我認為越戰讓我和其他作家得到了解放，因為這場

戰爭把我們的領袖和動機凸顯得如此骯髒，又徹底愚蠢。我們終於能夠談論一些壞事，談論我們對納粹這群你能想像到的最邪惡的人所做過的壞事。我親眼所見的事情，我不得不揭發的事情，讓戰爭看起來如此醜陋。你知道，真相真是非常強有力的東西。你不會希望看到它的。

當然，關於戰爭，我不談它的另一個原因是，它是不可言說的。

FUNNIEST JOKE
IN THE WORLD:
"LAST NIGHT I
DREAMED
I WAS EATING
FLANNEL CAKES.
WHEN I WOKE UP
THE BLANKET WAS
GONE!"

世界上最有趣的笑話：
「昨天晚上我夢見我在吃鬆餅。
醒來的時候，
毯子不見了！」

3

這是一堂有關創意寫作的課程。

　　規則一：不要用分號。分號就像患有變裝癖的陰陽人，絕對等於什麼也沒說。唯一能說明的就是你上過大學。

　　我知道，你們當中有人肯定在心裡琢磨著：我到底是不是在開玩笑。所以從現在起，如果我在開玩笑，我會提醒你們。

　　比如，加入國民警衛隊或海軍陸戰隊然後教導他們什麼叫民主。我在開玩笑。

　　我們馬上就要受到蓋達組織（Al Qaeda）的攻擊。如果你有旗幟就搖吧。那樣好像總能把他們嚇跑。我在開玩笑。

　　如果你真想傷你父母的心，但又沒那個膽子當同性戀，你至少還有個辦法，那就是投奔藝術。我不是在開玩笑。藝術不是養家糊口之道。它們是一種非常人道的方式，能讓生命變得比較可以忍受。老天，玩藝術不管玩得好或爛，都能讓你的靈魂成長。邊洗澡邊唱歌。跟著廣播跳舞。講故事。給朋友寫首詩，即使是首爛詩。盡你可能的把它做好。這樣你就會得到巨大的回報。這樣你就創造了某種東西。

　　我想和你們分享一些我學到的東西。我會把它們畫在我背後的黑板上，讓你們比較容易了解〔在黑板上畫了一條垂直線〕。這是G-I軸：G代表好運，I代表厄運。死亡和極度貧窮、生病的在下面——大富大貴，身體健康在上頭。運氣一般的話就在中間〔分別指著垂直線的下部、上部和中心〕。

　　這是B-E軸。B代表開始，E代表結束。OK。並不是每個故事的圖形都能這麼簡單明瞭，連電腦都能理解〔從G-I軸的中心畫出一條水平線〕。

　　現在，讓我給你們一點市場角度的提示吧。買得起書刊、雜誌和付得起電影票的人，不喜歡聽到貧窮或生病的人，所以讓你的故事從這上面開始吧〔指著G-I軸的頂端〕。你會一再看到這類故事。人們喜歡這種故事，而且它也沒版權限制。這類故事叫「坑裡的人」，但不一定得講某個人或某個坑。它講的是：某人遇上麻煩，然後把麻煩解決了〔畫出線條A〕。線條的結束點要比起始點高，這可不是隨便畫畫的喔。對讀者來說，這是激勵。

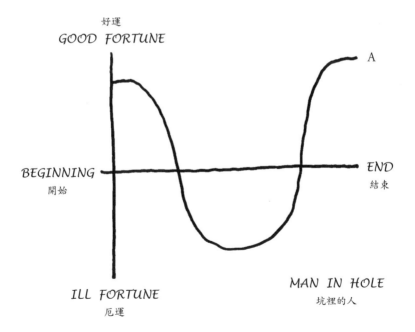

另一個故事叫「男孩遇見女孩」，但不一定是有關男孩碰見女孩的故事〔開始畫線條B〕。這個故事是：有個人，很普通的人，在某個普通的日子，偶然遇到非常美好的事情：「噢，老弟！今天可是我的幸運日！」……〔線條往下畫〕「該死！」……〔線條再回上端〕。接著又回到這上面來。

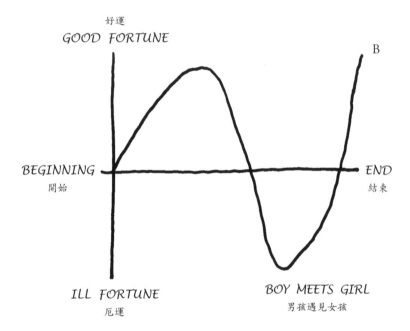

　　現在，我可不是故意嚇你們，我在康乃爾大學拿到化學學士，戰後又到芝加哥大學研究人類學，最後拿到這行的碩士學位。索爾・貝婁（Saul Bellow）和我在同一個系所，我們兩個都沒做過田野調查。不過我們當然都進行了一些想像。一開始我到圖書館搜尋有關人類學家、傳教士和探險家──那些帝國主義者──的報導，想看看他們從原住民那兒收集到什麼樣的故事。對我而言，去拿人類學的學位實在是個大錯誤，因為我無法忍受那些原住民，他們太愚蠢了。但不管怎樣，我還是讀了那些故事，一個接著一個，從世界各地的原住民那兒收集來的，那些故事全都維持在固定不變的水平上，就像這裡的B-E軸。好吧。原住民的確應該跟著他們沒用的故事一起消失。他們真的很落後。看看我們的故事，有起有落，多好看哪！

　　我們最常聽到的故事之一，是從這底下開始的〔在B-E軸底下畫C線〕。這個傷心人是誰呢？她才十五、六歲，母親就死了，她怎能不傷心呢？更何況她父親馬上就和一個帶著兩個壞心眼女兒的悍婦結了婚。你聽說過這個故事吧？

　　皇宮裡要舉行一場舞會。她不得不幫忙那兩個壞心姊姊和醜陋的後母裝扮打點，好去赴宴，但是可憐的她卻只能待在家裡。這下她不是更難過了嗎？不，這個小女孩的心早已經碎

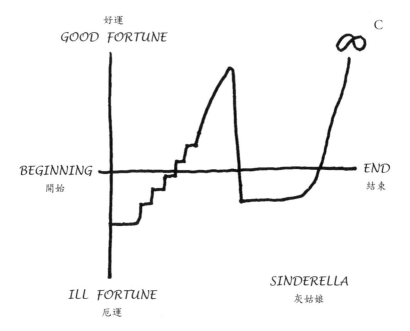

了。母親的死就夠她心碎了。沒什麼比這更痛苦的。好了，她們都去參加舞會了。然後仙女出現在小女孩面前〔畫一條迅速攀升的直線〕，給了她漂亮的衣服、化妝品和馬車，送她去了舞會。

當她出現在舞會上時，立即成了全場最耀眼的美人〔線往上〕。她的妝化得很濃，連她的親戚都沒認出來。接著時鐘敲了十二下，按照約定，所有的一切將再次被奪走了〔線往下〕。時鐘沒花多少時間就敲完十二下，結果她跌了下來。她會跌到同一條悲慘的水平線嗎？當然不會。不管後來發生了什麼事，她都會記得王子愛上了她，她曾是舞會的焦點。於是她疲憊地走著，走向她明顯上升的命運線。不管怎樣，那只鞋子就她穿才合腳，於是她變得幸福無比〔線往上畫，然後做一個無窮盡的記號〕。

接著來講卡夫卡的故事〔從 G-I 線的底端畫出 D 線〕。這個年輕人既不英俊也不討人喜歡。他家庭不和睦，工作繁重卻升遷無望。他的薪水不夠他帶女友去舞會，或是去酒吧找朋友喝一杯。一天早上他醒來，又該上班了，他卻變成了一隻甲蟲〔線往下畫，做無窮盡的標誌〕。這是個悲觀厭世的故事。

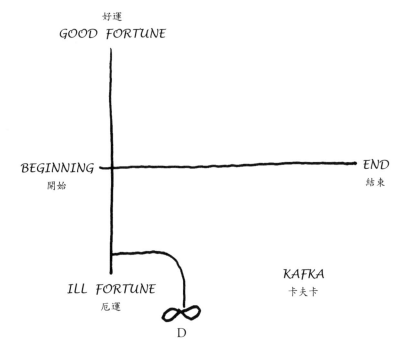

　　問題是，我想出來的這個系統可以幫助我們了解文學的演進嗎？也許，真正的偉大傑作是沒法釘在這款十字架上。例如，《哈姆雷特》？我得說那是一部相當偉大的作品。有誰認為它不是嗎？我不必再畫一條新的線，因為哈姆雷特的遭遇和灰姑娘是一樣的，除了性別相反之外。

　　他的父親剛死不久。他很傷心。他母親馬上就和他叔叔結婚了，一個壞傢伙。這時，哈姆雷特是和灰姑娘走在同一條水平上。他的好友何瑞修走過來告訴他：「哈姆雷特，你聽，牆角上好像有什麼東西。我想你最好去和他談談。那是你父親。」於是哈姆雷特就走上前，去和「它」說話──你知道的，就是那個非常真實的幽靈。那個東西說：「我是你的父親。我是被謀殺的。你要替我報仇。是你叔叔幹的，事情是這樣的……」

　　那麼，這是個好消息還是壞消息呢？直到今天，我們還是弄不清楚那個鬼魂究竟是不是哈姆雷特的父親。如果你常常把時間浪費在靈應板（Ouija board）上面的話，你就會知道，我們四周都是些心懷惡意的精靈在到處流竄，動不動就要告訴你些什麼，而你根本不應該相信它們。勃拉瓦茨基夫人

（Madame Blavatsky）[1]對魂靈世界的了解比任何人都多，她說如果你真的相信幽靈的話，那你就是個傻子，因為它們多半是惡毒的，經常是那些被謀殺的、自殺的或在世時被這樣或那樣極度虐待的靈魂，它們是出來復仇的。

　　所以我們不知道那個東西究竟是不是哈姆雷特的父親，不知道那到底是好消息還是壞消息。哈姆雷特也不知道。但他說好吧，我去想辦法查出來。我會聘請演員來扮演那個鬼魂，說父親是被叔叔謀殺的。我會演這場戲，看叔叔有什麼反應。就這樣，哈姆雷特演了這場戲。但這不是梅森探案（Perry Mason）[2]的故事。他叔叔沒有發怒發狂地說：「我——我——你說對了，你說對了。是我幹的，是我幹的。」戲砸了。既不是好消息也不是壞消息。戲砸了之後，哈姆雷特正和他母親談著話，這時，布簾動了一下。哈姆雷特以為是叔叔躲在後面，就說：「好了，我再也受不了我那該死的優柔寡斷。」於是他拔出利劍，刺過幕帳。接著，誰倒下了？是那個愛吹牛皮的波洛涅斯。是那個脫口秀名嘴林堡（Rush Limbaugh）。莎士比亞認為他是個傻瓜，可以隨意處置他的命運。

1　勃拉瓦茨基夫人（1831-1891）：俄國十九世紀著名的通靈學家，研究神祕主義與招魂術。
2　梅森：1930年代美國偵探小說家賈德納（Erle Stanley Gardner）「梅森探案」系列的主人翁，是一名律師神探。「梅森探案」已被譯成多國文字並拍成電影。

　　你們知道嗎，無知的父母們覺得，波洛涅斯在他孩子們離開時給他們的忠告，正是父母們應該告訴子女的東西。但那恐怕是這世上最愚昧的忠告了，莎士比亞甚至覺得那非常好笑。

　　「別借別人，也別向別人借。」但我們的生命除了永無止境的借來、借去，永不間斷的給予、接受之外，還有別的嗎？

　　「最重要的是，要忠於自己。」做個自大狂吧！

　　不是好消息也不是壞消息。哈姆雷特沒有被抓。他是王子。他可以殺任何他想殺的人。所以他走了，最後在一場決鬥中被殺死。那麼，他是上天堂還是下地獄了？這可差很多喔。是變成了灰姑娘還是卡夫卡筆下的甲蟲？我不認為莎士比亞會比我更相信天堂或地獄。所以我們還是不知道這究竟是好消息還是壞消息。

　　我剛剛已經向你們證明了，莎士比亞是個跟阿拉帕霍原住民（Arapaho）一樣差勁的說故事人。

　　但是，有個原因讓我們不得不把《哈姆雷特》歸為傑作，那就是：莎士比亞告訴我們真相。在那些起起落落的故事裡，人們很少告訴我們真相〔指著黑板〕。真相就是，我們對生命的認識如此有限，我們真的不知道什麼是好消息，什麼又是壞消息。

如果我死了，老天保佑！我很想去天堂找負責管這事的人，問他說：「嗨！到底什麼是好消息，什麼是壞消息呀？」

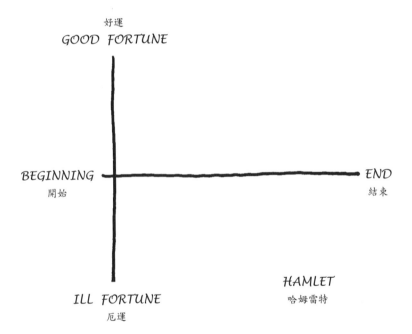

I DON'T KNOW
ABOUT YOU,
BUT I PRACTICE
A DISORGANIZED
RELIGION.
I BELONG TO AN
UNHOLY DISORDER.
WE CALL OURSELVES
"OUR LADY OF
PERPETUAL
ASTONISHMENT."

我不認識你，

但我實踐一種無組織的宗教。

我屬於一種邪惡的混亂。

我們自稱：

「永詫聖母」[1]。

1　「永詫聖母」（Our Lady of Perpetual Astonishment）：乃作者根據天主教「永援聖母」
（Our Lady of Perpetual Help）改造而成，永援聖母又稱「萬應聖母」。

4

我要告訴你們一些消息！

不，我不是要競選總統，雖然我知道一個句子要變得完整，必須要有主詞和動詞。

我也不是要告訴你們我和孩子們一起睡。不過，我要說明一點：到目前為止，我太太是和我睡過最老的人。

這個消息是：我要去告寶馬香煙（Pall Mall）的製造商布朗暨威廉森菸草公司（Brown Williamson Tobacco Company），要求賠償十億美元。打從十二歲開始，我一根接一根抽的不是別的，就是沒有濾嘴的寶馬香煙。這麼多年來，就在這香菸盒

上，布朗暨威廉森保證說，它會殺了我。

但現在我已經八十二歲了。真是多謝，你們這些卑鄙小人！我這輩子最不想要的，就是在我有生之年看到全球最有權勢的三個人居然叫做：布希、錢尼和鮑爾。

我們政府已經向毒品宣戰。這當然比根本沒有毒品好多了。這就是所謂的禁令。你知道嗎？在1919到1933年間，凡是製造、運輸或銷售含酒精的飲料，都是違法的。印第安那州的報業幽默大師肯‧哈伯德（Ken Hubbard）這樣說：「有禁酒令，總比一點酒都沒有好一些。」

但是聽著：有兩種人們濫用得最凶、最容易上癮、也最具破壞性的東西，卻是完全合法的。

其中一種當然就是乙醇酒精。就連小布希總統也沒少喝，根據他自己的說法，在他十六歲到四十歲這段期間，有一大把時間是花在喝酒上頭，喝得爛醉如泥，喝得不省人事。在他四十一歲那年，他說，耶穌向他顯靈，讓他痛改前非，不再酗酒度日。

別的酒鬼還見過粉色的大象呢！

至於我自己的外來毒物濫用史嘛，我在海洛因、古柯鹼和迷幻藥這類東西面前是個懦夫，害怕它們會讓我失去控制。有

一次，我的確和傑瑞・賈西亞（Jerry Garcia）[1]還有他的迷幻搖滾樂團「死之華」（Grateful Dead）抽過摻有大麻的混合物，那只是一種應酬。大麻對我來說一點作用也沒有，所以我再也沒抽過。感謝上帝仁慈，或其他什麼的，我對酒沒半點癮頭，這大半是基因的緣故。我時不時會喝上兩杯，今晚正打算這麼做。但是兩杯就是我的極限。沒問題的。

當然，我是個出了名的老菸槍。我一直希望那東西能殺死我。一頭是火焰，另一頭是傻瓜。

但是我要告訴你一件事：我曾經有一次非常興奮，那可是最好的古柯鹼都沒法比的。那就是當我拿到駕照的時候——小心點，地球人，馮內果來囉！

從那之後，我的車，我記得是一輛史帝倍克（Studebaker），就像現在所有的交通工具、機械設備、電力廠還有鍋爐一樣，都得靠石油來提供動力，那是所有毒品當中濫用得最凶、最容易上癮和最具破壞力的一種。

當你們來到這世上的時候，甚至是在我來到這個世上的時候，這個工業化的世界已經不可救藥地迷上了石油，而石油很快就會一滴不剩。到時就得立刻把毒癮戒掉。

我能告訴你真相嗎？我是說這不是電視新聞，不是嗎？我

1　賈西亞（1942-1995）：美國搖滾樂的創始者和中心人物，十五歲開始學習吉他，1966年在美國舊金山創立了「死之華」樂團。該樂團藉由吸毒進行自由的音樂試驗，創造了奇異的迷幻搖滾風格。賈西亞後來因毒品喪命。

認為的真相是：雖然我們否認，但我們其實都上了石油的癮。
如今有這麼多癮君子面臨立即勒戒的命運，為了奪取我們嚴重
依賴但所剩不多的這些石油，我們的領袖正在犯下重大罪行。

　　這個結局是從哪裡開始的？有人可能會說是亞當、夏娃和
智慧樹上的蘋果，那是個明明白白的陷阱。我認為，禍首是普
羅米修斯，一個泰坦巨人，天神的兒子，在希臘神話裡，他從
宙斯那兒偷取火種給人類。這事惹惱了諸神，他們把他赤身裸
體鎖在山崖上，派老鷹去啄食他的肝臟。「不教不成材，不打
不成器。」

　　如今看來，諸神這麼做是對的。我們的近親猩猩和猿猴
們，長久以來只靠生吃植物也活得好好的，而我們不僅要準備
熱菜熱飯，還用石油開了一場動力狂歡會，在不到兩百年的時
間裡，就幾乎摧毀了這個一度健健康康的星球，這個提供我們
維生系統的星球。

　　英國人法拉第（Michael Faraday）製造第一台電力發動

機，不過是一百七十二年前的事。

德國人朋馳（Karl Benz）製造第一輛配有內燃發動機的汽車，不過是一百一十九年前的事。

德雷克（Edwin L. Drake）在賓州的泰特斯維爾市（Titusville）開鑿出美國的第一口油井，不過是一百四十五年前的事。現在那口油井只是個乾洞。

美國萊特兄弟製造了第一架飛機並成功試飛，不過是一百零一年前的事。那輛飛機是靠汽油提供動力。

你想說這是不可阻擋的狂歡嗎？

一個呆瓜陷阱！

石油燃料，這麼簡單就玩完了！是的，現在我們正挖出最後一股、一滴或一塊石油。所有的燈就要熄滅。不再有電了。所有的交通工具都將停止，這個地球就快變成一個布滿屍骨空殼和廢棄機械的星球。

但是誰也拿這沒辦法。在這場遊戲裡，一切都為時已晚。

我不想給派對掃興，但這是事實：我們一直在浪費我們這個星球的資源，包括空氣和水，好像明天壓根兒就不存在，所以現在不會有明天了。

你瞧，現在已經沒有高三舞會了，但我們失去的何止這個。

EVOLUTION
IS SO CREATIVE.
THAT'S HOW
WE GOT
GIRAFFES.

進化真是有創意啊,
我們就是這樣得到長頸鹿的。

5

好，我們來找點樂子吧。我們來談談性別。我們來談談女人。佛洛伊德說，他不知道女人想要什麼。我知道女人想要什麼：一大堆人在一起說話。她們想談什麼呢？她們什麼都想談。

男人想要什麼？他們想要一堆伙伴，他們希望人們別對他們那麼火大。

為什麼現在這麼多人離婚？

因為我們大部分人都不再有幾代同堂的大家庭了。以前，當男人和女人結婚之後，新娘就有了更多人可以聊所有的事。新郎也有了更多伙伴可以說笑。

一些美國人還擁有大家庭，但很少了。像是納瓦霍印第安人（Navahos）。還有甘迺迪家族。

但是我們大多數人，現在即便結了婚，也只是多了另一個人而已。新郎多了一個伙伴，但是個女人。新娘多了一個聊天的人，但是個男的。

現在如果一對夫婦吵架，他們可能認為是因為錢，或權力，或性，或怎麼教養孩子，或諸如此類。但其實他們真正想向對方說的是（雖然他們並未意識到這一點）：「只有你是不夠的！」

一個丈夫、一個妻子和幾個孩子並不是一個家庭。那是一個很容易受傷的生存單位。

有一次我在尼日碰到一個人，一個伊博人（Ibo）[1]。他有六百個親戚，而且都很熟。他老婆剛生了個孩子，這在任何大家庭裡都算得上是最好的消息。

他們準備帶這個孩子去拜會所有的親戚——各個年齡、各種高矮胖瘦的伊博人。他甚至還可能遇見其他小嬰兒，比他大不了多少的堂表兄姊。每個年紀夠大、走路夠穩當的人，都想抓抓他，抱抱他，逗逗他，說這小孩多好看，多英俊。

你難道不想做那個小孩嗎？

---

1 伊博人：西非原住民之一，尼日共和國境內的第三大民族。

　　我當然希望我可以揮一揮手杖，就讓你們每個人都有個大家庭，讓你們都變成伊博人，或納瓦霍印第安人，或者甘迺迪家族的人。

　　現在，你們瞧瞧小布希夫婦，他們想像自己是一對勇敢、光潔的小夫妻。他們被一個超級大家庭圍繞著，那本來是我們全該擁有的——我指的是法官、參議員、報紙編輯、律師、銀行家。他們並不孤獨。他們之所以感覺如此舒適，原因之一是他們是這個大家庭的成員。長久以來，我一直真心希望美國可以找出個什麼方法，讓我們的所有公民都能擁有大家庭——一大群他們可以尋求援助的親人。

　　我是個德裔美國人，純種的德國人，這可追溯到德裔美國人還只准同族通婚，只准彼此婚配的年代。1945年，當我向英裔美國人珍瑪麗‧寇可斯（Jane Marie Cox）小姐求婚時，她的一個叔叔問她，是否「當真想和那些德國佬混在一起」。是的，即便到今天，在德裔美國人和英裔美國人之間，還是存在

著一條聖安地列斯斷層（San Andreas fault）[1]，只是現在模糊許多。

你可能會認為這是因為第一次世界大戰，英國人和美國人一起對付德國，把這個斷層撕裂得又大又深，宛如地獄的入口，雖然沒有半個德裔美國人犯過叛國罪。但其實這裂痕早在美國內戰前後就已出現，當時我所有的移民祖先都抵達這裡，定居在印第安那波里斯。我的一位祖先在戰鬥中失去一條腿後回到德國，其他人則都留了下來，並且飛黃騰達。

他們到達這裡的時候，盎格魯人是統治階級，就像我們今天那些通曉多國語言的企業寡頭，他們在世界各地搜羅最便宜、最馴服的工人。當時這類人的具體特徵如同現在一樣，就是1883年拉撒露（Emma Lazarus）[2]所羅列的那些：「疲憊」、「貧窮」、「群擠」、「骯髒」、「無家」和「漂泊」。當時不得不輸入這樣的人。和現在一樣，這些人在原籍生活不幸，但這裡的工作又送不過去。於是，他們便成群結隊、想方設法地跑了過來。

如今那些盎格魯人回想起來，會覺得那場悲慘的浪潮就好比特洛伊木馬，其中裝滿了教育良好、營養充足的德國中產階級商人及其家人——他們有錢從事投資。我母親家族的一個祖先變成了印第安那波里斯的啤酒製造商。他的釀酒廠不是建

---

1 聖安地列斯斷層：地球表面最長最活躍的斷層之一，貫穿加州西南部，長約1287公尺，是太平洋與北美洲板塊的交會點。
2 拉撒露（1849-1887）：流亡美國的俄羅斯猶太女詩人，最為知名的作品是歌詠自由女神像的十四行詩〈新巨像〉（New Colossus）。

的，是買的。這樣的開路先鋒如何？這些人可沒有參與任何種族屠殺和族裔滅絕來把這塊土地變成純淨大陸。

這些無罪的人們，在工作時講英語，在家裡說德語，他們不僅創造了成功的商業，在印第安那波里斯、密爾瓦基、芝加哥和辛辛那提尤其受到矚目。他們還建立了自己的銀行、音樂廳、俱樂部、體育館、餐館、莊園和度假別墅，讓那些盎格魯人不禁納悶——我得說，他們確實有理由這麼做——「見鬼了，這到底是誰的國家啊？」

WE ARE HERE
ON EARTH
TO FART AROUND.
DON'T LET
ANYBODY
TELL YOU
ANY DIFFERENT.

我們來這世上就是為了閒混打屁。

別讓別人叫你做別的事。

6

我一直被稱為盧德分子（Luddite）。

我欣然接受。

知道什麼是盧德分子嗎？就是仇視新奇發明的人。內德・盧德（Ned Ludd）是十九世紀初期的英國紡織工人，他砸毀了許多新奇的發明──那些快讓他失業，快讓他無法再用自己的特殊才能養家糊口的機器織布機。1813年英國政府以所謂「搗毀機器」的重大罪行將十七個人判處絞刑。

如今，我們有了配備「海神」導彈（裝有氫彈頭）的核子潛艇這種新玩意兒。我們還有電腦這種新玩意兒，它欺騙你

說，你已經不會改變了。比爾・蓋茲說：「等著看你的電腦會變成怎樣吧！」但你才是那個執行改變的人，而不是該死的電腦。你所能成為的那個你，是你生來要藉由你所做的事情而成為的那個神奇的你。

進步已經徹底把我打敗。我漸漸忘了兩百年前的織布機對內德・盧德來說是絕對必要的東西。我指的是打字機，這東西現在已經不復存在了。《頑童歷險記》恰巧就是第一部用打字機打出來的小說。

以前，就不久以前，我常常打字。每打完二十頁，我就會用鉛筆做上標注，改改錯字。然後我會打電話給卡蘿・阿特金斯（Carol Atkins），她是個打字員。你能想像嗎？她住在大老遠的紐約州的胡士托（Woodstock），你知道的，1960年代著名的性愛和吸毒事件就是從這裡得名的（其實那件事是發生在附近的伯特爾鎮〔Bethel〕，那些說記得自己當時也在那裡的人，其實都不在那裡）。所以，我會給卡蘿打個電話，說：「嗨，卡蘿！妳還好嗎？妳的背怎麼樣了？有抓到藍知更鳥嗎？」我們會扯東扯西聊個不停──我喜歡和人閒聊。

她和她先生一直想把藍知更鳥引到家裡做窩，如果你也曾試著要把藍知更鳥引進家裡的話，你就會知道要把鳥巢放

到離地面三英尺高的地方，別超過，一般就是在房子周圍的
籬笆上。可究竟還有沒有藍知更鳥活著，我也不知道。他們總
是沒有好運氣，我也是，我也在我的鄉下房子試過。不管怎
樣，我們聊著聊著就離題了，最後我說：「嗨，妳知道我有幾
頁東西。妳還打字嗎？」當然，她還打字。而且我知道她一定
會打得非常整齊，看起來就好像是電腦打出來的。於是我說：
「我希望郵件可別寄丟了。」她說：「從來沒有寄丟過任何東
西。」我的經驗確實如此。我從沒丟過任何東西。所以，她現
在也變成內德·盧德了。她的打字也沒有價值了。

　　然後，我拿了我的紙稿和一個鋼做的東西，叫迴紋針的，
把紙稿夾在一起，然後小心翼翼地把頁碼編好，這是當然的。
然後我走下樓，打我太太身邊經過，準備出門。我太太是攝
影記者吉兒·克瑞蒙茲女士（Jill Krementz），她那時可是十分
高科技呢，現在當然更高了。她大聲喊：「你去哪兒？」她小
時候最喜歡讀南茜·茱兒（Nancy Drew）推理系列，你知道，
就是那個女孩神探。所以她總是忍不住問：「你去哪兒？」我
說：「我去買個信封。」她就說：「真是的，你又不窮，為什
麼不一下子買一千個信封？這樣他們就會把貨送來，你就可以
直接放進櫃子裡。」我說：「別說了。」

於是我走下台階。這是介於紐約市第二大道和第三大道之間的第四十八街。我走到街對面的報亭，那兒賣一些雜誌、彩券和文具。我對他們的貨品很了解，我只買一個信封，馬尼拉紙的信封。好像製造這些信封的不管是什麼人，都知道我用的是什麼尺寸的紙張。我得排隊，因為有人買彩券、糖果這類東西，我就跟他們聊起來。我說：「你們知道究竟誰中過這些彩券啊？」或者：「你的腳怎麼了？」

最後終於輪到我了。開這個報亭的是個印度人。櫃檯後面那個女人的兩隻眼睛中間綴著一顆珠寶。跑這一趟不是很值得嗎？我問她：「最近這裡有沒有賣出彩券大獎？」然後付了信封的錢。我把手稿放進去。這種信封上有兩個小小的金屬片可以穿過封口的小孔。沒見過這種信封的人，我告訴你，有兩種辦法可以把馬尼拉紙的信封封上。我兩種都用。首先，我用口水舔一下上面的黏膠——這很有幾分性感的味道。接著把細薄的金屬片快速穿過小孔——我從來不知道別人管這個東西叫什麼。然後把封口黏上。

接著我往第二大道與四十七街交叉處的郵政便利中心走去。這裡離聯合國很近，所以總有來自世界各地長得很有意思的人。我走到那兒，又開始排隊。我偷偷愛慕著櫃檯後面那個

女人。她不知道。我太太知道。我沒打算採取任何行動。她那麼漂亮。我能看到的只是她腰部以上的部分，因為她總是站在櫃檯後面。但是她每天都在腰部以上做些打扮，好讓我們心情愉快。有時候她把頭髮全捲了，有時候又燙直了。有一天她擦了黑色的唇彩。她那樣子真是大方、刺激，看到她，我們這些來自世界各地的人們無不為之一振。

我排隊等著，我說：「嗨，你說的是哪種語言？是烏爾都語嗎？」有時候可以聊得不錯，有時候就不行。還有，「如果你不喜歡這裡，為什麼不回你那裝闊的獨裁小國去呢？」有一次我在這兒錢包被偷了，只得去和警察做筆錄，告訴他事情的經過。不管怎樣，我終於排到最前頭了。我沒表現出愛慕她的樣子。我裝做一本正經。她可能也只是看到一個老頭兒。我的臉上沒什麼表情，心裡卻在怦怦亂跳。我把信封交給她秤重量，因為我想貼上金額準確的郵票，讓她檢查通過。如果她說郵票數貼對了，並在信封上蓋上郵戳，那就沒問題了。他們不會再把信退給我。我買了正確金額的郵票，在信封上寫了地址，寄給胡士托的卡蘿。

然後我走出郵政中心，那兒有個郵筒。我把那些紙稿餵給那只碩大的藍色青蛙。它會發出「呱」的一聲。

接著我就回家。而我度過了一段該死的愉快時光。

電子社會什麼也沒建立。你最後什麼也沒得到。我們是會蹦會跳的動物。起床，出門，做點事情，多好啊！我們來這世上就是為了閒混打屁。別讓別人叫你做別的事。

DO YOU THINK
ARABS ARE DUMB?
THEY GAVE US
OUR NUMBERS.
TRY DOING
LONG DIVISION
WITH
ROMAN NUMERALS.

你認為阿拉伯人很無知嗎？

他們帶給我們阿拉伯數字。

不信，你用羅馬數字做長除法試試看！

7

2004年11月11日，我滿八十二歲。這麼老會是什麼樣子呢？我再也無法做到那該死的並排停車了，所以當我試著這麼做的時候，請別盯著我看。還有，身體的重心也不如以前那麼平穩，更難控制了。

當你到了我這把年紀，如果你到了這把年紀，而且有生兒育女，你就會發現自己也會問那些時值中年的孩子們：「生命到底是為了什麼？」我有七個孩子，其中四個是收養的。

我把我的生命大哉問扔給我兒子——馮內果小兒科醫師。他告訴他蹣跚的老父說：「爸爸，我們來到這世上就是為了互

相幫助，走過這一生，不管是怎樣的一生。」

　　不管我們的政府、我們的企業、我們的媒體、我們的宗教和慈善組織變得多腐敗、多貪婪、多殘酷，但我們的音樂依然是動聽的。

　　如果我死了——上帝保佑，讓這個做我的墓誌銘吧：

> 為了證明上帝存在
> 他所需的唯一證據
> 就是音樂

　　在我們那場災難性的愚蠢越戰期間，音樂變得愈來愈動聽，更動聽。順便提一下，我們輸了那場戰爭。直到印度支那的人民把我們踢出去後，那裡才重新恢復了秩序。

　　那場戰爭只是把百萬富翁變成了億萬富翁。如今的這場戰爭，則是把億萬富翁變成千億萬富翁。現在我把這稱作進步。

　　為什麼被我們侵略的那些國家的人民不能像淑女紳士一樣打仗呢?為什麼不穿制服、開坦克、駕駛武裝直升機呢?

　　回到音樂的話題。音樂讓每個人變得比沒有音樂的時候更加熱愛生命。甚至連軍樂也總是令我十分振奮,雖然我是個和平主義者。我真的很喜歡史特勞斯和莫札特以及其他同類的音樂家,但是非裔美國人送給我們的禮物更是無價之寶。那是在他們還當奴隸時送給這個世界的,這件禮物真是彌足珍貴,今天許多外國人至少還有點喜歡我們的唯一理由,就是因為這些音樂。那帖治癒了全球流行性大蕭條的特效藥,就是所謂的藍調。今日所有的流行音樂——爵士樂、搖擺樂、咆勃爵士、貓王、披頭四、滾石、搖滾樂、嘻哈樂,等等,等等,全都是源自於藍調。

　　獻給世人的禮物?我聽過最讚的節奏藍調,是由來自芬蘭的三個小夥子和一個女孩子所演奏的,地點在波蘭克拉科夫市(Krakow)的一間酒吧。

　　阿爾伯特·穆瑞(Albert Murray)是個很厲害的作家,也是個爵士樂史學家,除了這些,他還是我的朋友。他告訴我在這個國家的蓄奴時期——我們永遠無法徹底彌補的一項暴行——奴隸主的平均自殺率要比奴隸高多了。

　　穆瑞說，他認為這是因為奴隸懂得怎麼克服絕望心理，而他們的主人沒有這項本事。他們可以靠著彈唱藍調而把自殺老人給趕走。他還說了些別的，我聽起來也挺對胃口的。他說藍調無法把絕望徹底趕出屋子，但是只要在屋子裡彈奏它，就能把絕望趕到角落去。所以請記著這一點。

　　外國佬因為爵士樂而喜歡我們。他們也不完全憎惡我們所聲稱的自由和正義。如今他們憎惡我們，是因為我們的傲慢。

　　我在印第安那波里斯的詹姆斯・懷特庫本・萊利43學校（James Whitcomb Riley School 43）唸小學的時候，我們常常畫未來的房子、未來的船、未來的飛機，以及未來的所有夢想。那時候當然什麼都停止了。工廠關閉，大蕭條橫行，「繁榮」是最神奇的辭彙。時候到了，一定會「繁榮」起來的。我們正在準備迎接「繁榮」的到來。我們正在夢想人類應該居住的各種房子——理想居所、理想的交通工具。

　　如今最新的情況是，我那剛滿二十一歲的女兒麗麗，就像

你們的子女，像小布希，像其他小孩，還有像海珊等人一樣，發現自己所繼承的居然是令人震驚的人類奴隸當代史，是愛滋病氾濫，是核子潛艦潛伏在冰島及其他峽灣的海底深處，隨時準備一聲令下，用火箭和氫彈大規模地將無數的男人、婦女和兒童化為放射性齏粉。我們的子女繼承了科技，但不論平時或戰時，科技的副產品都正在快速地摧毀這個星球，這個為各種生命提供空氣和飲水等維生系統的星球。

凡是學過科學或和科學家交談過的人，都會發現我們的處境已非常危險。過去和現在的人類，已經把生態鏈摧毀殆盡。

如今我們所面臨的最大真相是——這可能會讓我的餘生再也開心不起來——我覺得人類根本不在乎這個星球能否延續下去。在我看來，如今每個人都像是匿名戒酒協會的成員一樣，過一天算一天。能再苟活些日子就夠了。我知道，已經很少有人在為他們的子孫夢想新的世界。

很多年以前，我還很天真地以為，我們美國可能變成一個

講人道、講理性的國家，就像我這一代的很多人常常夢想的那樣。我們在大蕭條時期夢想著這樣一個美國，那時我們沒工作。然後我們在第二次世界大戰期間為這個夢想戰鬥、犧牲，那時我們沒和平。

但是現在我明白，美國這個鬼地方壓根兒就不可能變得講人道、講理性。因為權力腐化了我們，絕對的權力絕對地腐化了我們。人類是一群對權力瘋狂著迷的黑猩猩。我說我們的領袖是嗜權如命的黑猩猩，這樣是不是有打擊士氣的危險，害我們的士兵無法在中東拚命的戰鬥、犧牲？他們的士氣早就和那些沒有生氣的身體一樣，被炸得四分五裂了。他們所得到的待遇就像是富家少爺的聖誕節玩具一樣，我可從來沒有被這樣對待過。

由某個美國名人向「敬啟者們」所發表過的最聰明、也最體面的一篇祈禱文，是林肯的蓋茨堡演說。那時，一場驚天動地的人為大災難剛剛過去。那時，戰場還很小，騎馬站在小山

頂上，就能把一切盡收眼底。那時，原因與結果都很簡單。原因是彈藥，一種硝酸鉀、木炭和硫磺的混合物。結果就是漫天飛舞的金屬。或是一把刺刀。或是來福槍的槍托。

在蓋茨堡這座寂靜的殺戮戰場上，林肯這麼說：

> 我們無從奉獻這片土地，
> 也無從使它成為聖地。
> 因為在這裡進行過戰鬥的勇士們，
> 活著的和死去的，
> 已經使這塊土地變得這樣聖潔，
> 我們微薄的力量已不足以對它有所揚抑。

這就是詩！它依然有可能把戰爭期間的恐怖和憂傷變得近乎於美。當美國人想起戰爭時，依然有可能湧現榮譽和莊嚴的幻覺。那種「你知道」的人類幻覺。那就是我說的：「那個你知道的。」

我可以稍帶說明一下嗎？我在這一節裡所說的，已經比林肯的整篇蓋茨堡演說要多上一百字了，可能還不止。我也吹起來了。

不管是用老式的裝備或大學裡所研製的最新型武器，大規模屠殺手無寸鐵的平民家庭，以期獲得軍事或外交優勢，已經不再是什麼新鮮主意了。

　　但，這法子有用嗎？

　　這個主意的狂熱擁護者，它的粉絲們，如果可以這麼稱呼他們的話，全都想當然耳的以為，那些令我們覺得礙事甚至比這更糟的政治首腦們，全都會憐恤自己的人民。如果他們看到或聽到那些變成肉泥的女人、兒童和老人，那些和他們有著相同的長相，說著相同的語言，甚至就是他們親戚的死者，他們肯定會控制不住地哭泣起來。所以，他們就照著這個理論去做，這就是我所知道的。

　　凡是相信這種主意的人，也很可能會想盡辦法，把我們的外交政策裝扮成聖誕老人和牙齒仙子[1]的模樣。

1　牙齒仙子：美國民間傳說中的仙女，專門用錢換取小孩子掉下來的乳牙。

馬克・吐溫和林肯到哪去了？現在正是我們需要他們的時候。他們是來自美國中部的鄉下男孩，這兩個人讓美國人民學會了自嘲，也懂得欣賞那些真正重要、真正具有道德寓意的笑話。想想看，如果他們今天還在世的話，他們會說些什麼呢。

　　在馬克・吐溫寫過的作品中，最令我們感到羞愧與悲傷的一篇，是描寫美西戰爭結束後，我軍在解放菲律賓人民的過程中，屠殺了六百名摩洛（Moro）[1]男女和兒童的故事。我們那位英勇的指揮官叫做里歐納德・伍德（Leonard Wood），現在還有個堡壘以他的名字命名。密蘇里州的里歐納德・伍德堡。

　　林肯會對美國的帝國主義戰爭說些什麼呢？這些戰爭總是打著冠冕堂皇的這個理由或那個藉口，目的則是為了讓擁有最佳政治關係和最多財富的美國人，取得更多的自然資源和溫馴勞力。

　　每次提到林肯幾乎都是個錯誤。他老是太搶戲。可我馬上又要提到他了。

1　摩洛人：菲律賓穆斯林的通稱。

　　把時間拉回1848年，那是他發表「蓋茨堡演說」之前十幾年，那時林肯還只是個眾議員，他為我們與墨西哥之間的戰爭感到羞愧和悲傷。墨西哥從沒侵犯過我們。林肯在說下面這段話的時候，腦子裡所浮現的代表人物就是詹姆斯‧波爾克（James Polk）[1]。林肯是這麼描述波爾克的，他的總統，他的軍隊總司令：

　　　　他相信自己可以避開相關監察，只要讓民眾把注意力放在炫目的輝煌軍事，腥風血雨中的美麗彩虹，毒蛇的眼睛，摧毀的魅力等等──他全心全意投入了戰爭。

　　哇塞！我本來還以為我是作家哩！
　　你知道在美墨戰爭中我們確實拿下了墨西哥城嗎？但為什麼那天不是我們的國定假日呢？為什麼矗立在拉什摩爾山（Mount Rushmore）上的不是當時的總統波爾克和雷根的臉呢？回到1840年代，我們的內戰爆發之前，墨西哥在我們眼裡之所以罪大惡極，是因為在他們那裡，奴隸制度是非法的。還記得阿拉莫（Alamo）戰役嗎？透過那場戰役，我們把加州以及其他許多地方的人民和財物擄為己有。而且我們這麼做的

1　波爾克（1795-1849）：美國第十一任總統（1845-1849），任內發動了美墨戰爭，使美國獲得西南部一百三十多萬平方公里的土地，而墨西哥的疆土則縮小了一半。

時候，就好像屠殺那些為了護衛自己家園的墨西哥人並不算謀殺似的。除了加州還有其他哪裡呢？嗯，還有德州、猶他州、內華達州、亞利桑那州、新墨西哥州的一部分、科羅拉多州和懷俄明州。

　　說到全心全意地投入戰爭，你知道我覺得小布希為什麼對阿拉伯人這麼惱火嗎？因為他們給我們帶來了代數。還有我們使用的數字，包括代表零的符號，這是歐洲人以前所沒有的。你認為阿拉伯人很無知嗎？你用羅馬數字做長除法試試看！

THE HIGHEST TREASON
IN THE USA
IS TO SAY
AMERICANS
ARE NOT LOVED,
NO MATTER
WHERE THEY ARE,
NO MATTER
WHAT
THEY ARE
DOING THERE.

在美國，最嚴重的叛國罪是

說美國人不被愛戴，

不管他們置身何地，

所為何事。

8

你知道人道主義者是什麼樣的人嗎？

　　我的父母和祖父母是人道主義者，以前叫做自由思想者。所以，身為人道主義者，我以我的先人為榮，《聖經》說這是一件應做的善事。我們這些人道主義者會試著盡可能正派、公平和榮譽行事，並且不期望來世因此而得到什麼獎賞或懲罰。我的兄弟姊妹都不認為有來世，我的父母祖父母也不認為有來世。只要他們還活著就行了。我們人道主義者會盡可能為我們的社群服務，那是唯一能讓我們擁有真正的熟悉親密之感的抽象概念。

　　一個偶然的機會，我成了美國人道主義協會的榮譽主席，接替已故的偉大科幻小說作家以撒・艾西莫夫（Isaac Asimov）[1] 先生，擔任這個完全沒什麼用的職位。幾年前我們曾幫以撒辦過一場追思會，我在致詞時提到了一點：「以撒現在就在天堂裡。」這是我對人道主義聽眾說過的最搞笑的話。我害他們在走道裡笑翻了。過了好幾分鐘會場才恢復秩序。如果我死了，上帝保佑，我希望你們會說：「寇特現在就在天堂裡。」那是我最喜歡的笑話。

　　人道主義者怎麼看待耶穌呢？我是這樣說耶穌的，就像所有的人道主義者一樣：「如果他說的是對的，而且很多都說得很漂亮，那麼管他是不是神呢！」

　　但假如基督沒有宣講過「登山寶訓」，沒有傳達其中的憐憫與同情，我是不會想做人類的。

　　我寧願馬上變成響尾蛇。

　　人類一直在臆測過去一百多萬年裡所發生的每一件事情。

1　艾西莫夫（1920-1992）：二十世紀最頂尖的科幻小說家之一，得過科幻小說領域的最高獎項，一生共出版了三百多部作品。

我們歷史書裡的主角，始終是最讓我們著迷、有時又最讓我們
害怕的臆測家。

我可以指名道姓嗎？

亞里斯多德和希特勒。

一個是優秀的臆測家，一個是糟糕的臆測家。

歷史上各朝各代的人類大眾，就和我們現在一樣，老覺得
自己所受的教育不夠，確實也是這樣啦，於是他們沒什麼選
擇，只能選擇相信這個臆測家或那個臆測家。

比如說，俄國人如果不把恐怖伊凡大帝的臆測當一回事，
他們的帽子很可能就會給釘在腦門上。

我們必須承認，有些臆測家真的很有說服力，就連恐怖伊
凡如今都成了蘇聯的英雄人物，而且他們確實在某種程度上給
了我們勇氣，去忍受那些我們根本無法理解的可怕磨難。穀物
歉收、瘟疫、火山爆發、胎死腹中——臆測家常常給我們一種
錯覺，以為不管好運或厄運都是可以理解的，而且在某種程度
上還可以得到明智有效的解決。如果沒有這種錯覺，我們恐怕
早八百年就全繳械投降了。

但事實上，臆測家並不比普通人知道的更多，有時甚至還
更少，尤其是當他們讓我們產生錯覺，以為我們正掌握自身命

運的時候。

自古至今，在世界各地的人類經驗當中，具有說服性的臆測能力一直被奉為領導才能的核心。就是因為這種想法流傳得如此之久，如此之廣，所以一點兒也不奇怪的是，雖然如今所有的資訊突然間都變成我們的了，但這個星球上的大多數領袖們還是希望能繼續臆測下去。因為現在輪到他們來猜想、預測，讓別人聽從他們。當今世上喊得最震天價響、最傲慢無知的幾個臆測，正在華盛頓流行著。我們的領袖對於學術研究和調查報告裡大量傾銷的有關人性的可靠資料已深感厭惡。他們認為整個國家都已經對這些資料感到作嘔——他們可能是對的。這不是他們想要強加給我們的金科玉律。他們想要更根本的東西。他們想要給我們走方郎中賣的萬應蛇油。

上了子彈的手槍對人人有益，除了住在監獄或精神病院裡的人。

這是正確的。

數百萬的公共衛生花費會造成通貨膨脹。

這是正確的。

幾十億的軍事武器花費可控制通貨膨脹。

這是正確的。

右派獨裁政權遠比左派獨裁政權更加符合美國的理想。

這是正確的。

我們的氫彈頭愈多，愈能一聲令下萬箭齊發，我們的人身安全就愈有保障，我們子孫所繼承的世界也將愈美好。

這是正確的。

工業垃圾，尤其是那些放射性垃圾，根本不會對人體造成傷害，所以大家就別再為此喋喋不休了。

這是正確的。

應該准許工業界為所欲為：賄賂、稍微毀壞一下環境、壟斷價格、壓榨愚昧的消費者、禁止競爭、破產時打劫國庫。

這是正確的。

這就是自由企業。

而且這是正確無誤的。

窮人肯定做錯了什麼，否則也不會窮，因此，他們的後代理當承擔這個後果。

這是正確的。

別指望美利堅合眾國保護她自己的人民。

這是正確的。

自由市場會做好這些。

這是正確的。

自由市場具有自動達到公平的機制。

這是正確的。

我在開玩笑。

如果你真的受過教育、懂得思考，華盛頓不會歡迎你。我認識兩三個非常聰明的七年級生，他們在華盛頓一定不受歡迎。你還記得幾個月前那些聚集在一起的醫生嗎？他們告訴世人一個簡單明瞭的醫學事實：假如遭受氫彈攻擊，即便是最輕度的，我們全都活不下去。華盛頓不歡迎他們。

就算我們能搶得頭香，用第一批氫彈武器把敵人打得屁滾尿流，但那些釋放出來的毒藥最後還是會漸漸把整個星球都給毀了。

華盛頓做何反應？他們不這麼想。教育有什麼好處？世界還是掌握在那些吵吵鬧鬧的臆測家手中，那些憎恨資訊的人。而且這些臆測家幾乎都受過良好教育。想想這個。他們不得不丟棄他們的教育，即使是哈佛或耶魯的教育也不例外。

如果他們不這麼做，他們那些毫無忌諱的臆測就不可能一次又一次地吹誑下去。拜託，你沒這麼做嗎？假使你真的利用那些受過教育之人如今所能獲得的大量知識，你將會變得有如

地獄般寂寞。臆測家的數量遠遠超過你們，現在讓我來臆測一下，大概是十比一。

　　假使你沒注意到，佛羅里達州那場無恥的選舉舞弊，那場成千上萬的非裔美國人被獨斷地剝奪了投票權的選舉，讓我們此刻在世界其他人的面前，變成了傲慢、假笑、殘忍、趾高氣揚、攜帶著強大驚人武器的戰爭狂──無人能敵。

　　假使你沒注意到，現在全世界都懼怕我們、仇視我們，就像當年懼怕納粹、仇視納粹一樣。

　　而且他們很有理由這麼做。

　　假使你沒注意到，我們那些未經選舉產生的領袖們已經滅絕了千百萬人，只是因為他們的信仰和種族與我們不同。我們隨自己高興地傷害他們、殺死他們、折磨他們，或把他們丟進監獄。

　　小事一件嘛。

　　假使你沒注意到，我們也正在殺害我們自己的士兵，不是

因為他們的信仰或種族，而是因為他們出身卑微。

可以把他們送到任何地方。讓他們幹任何事情。

小事一件啦。

這就是「歐萊利事實」（O'Reilly Factor）[1]。

所以，除了對圖書館員和芝加哥的《這些時代》（*In These Times*）[2]雙週刊外，我是個沒有國家的人。

在我們攻擊伊拉克之前，崇高的《紐約時報》向我們保證那兒有大規模毀滅性武器。

愛因斯坦和馬克·吐溫在他們晚年對人類感到絕望，雖然馬克·吐溫甚至還沒見識過第一次世界大戰。戰爭如今已變成一種電視娛樂。第一次世界大戰之所以這麼有趣，是拜美國的兩項發明所賜：帶刺鐵絲網和機關槍。

「榴霰彈」的英文原名就來自其發明者，英國人夏普納（Shrapnel）。你不想有某個東西以你的名字命名嗎？

就像我那兩位傑出前輩愛因斯坦和馬克·吐溫一樣，我現在也對人們死心了。我是個二戰退伍軍人，而且我必須說，這不是我第一次對無情的戰爭機器投降。

我的遺言？「生命從不善待任何動物，即便是一隻老鼠也一樣。」

1　歐萊利事實：美國福斯新聞頻道的頭牌節目，以其主持人比爾·歐萊利（Bill O'Reilly）命名。歐萊利擁有二十年的電視從業經驗，得過電視最高獎項──艾美獎，是美國電視界有名的「毒舌」，以不留情面的尖銳提問著名。

2　《這些時代》：芝加哥左翼雜誌，1976年由作家暨歷史學家韋恩斯坦（James Weinstein）創辦。馮內果常在該雜誌發表文章。

凝固汽油彈來自哈佛。千真萬確！

我們的總統先生是基督徒？希特勒也是。

能跟我們的年輕人說什麼呢？變態人格本來是指沒有良知、沒有同情心和羞恥感的人，可現在他們卻將我們政府和企業的財庫洗劫一空，變為己有。

我能提供給你，讓你緊緊依附的東西，是個可憐的東西，真的。它比沒有好不了多少，甚至可能比沒有還糟糕一點。那就是道地的現代英雄的想法。以下就是塞麥爾維斯醫生（Ignaz Semmelweis）的生平梗概，我心目中的英雄。

1818年，塞麥爾維斯出生於布達佩斯。他生存的年代和我的祖父以及你們的祖父重疊，感覺像是很久以前，但實際上他就活在昨天。

他是一名婦產科醫生，這已經足夠讓他成為現代英雄了。他把自己的一生奉獻給了嬰兒和母親。我們還可以舉更多這樣的英雄。當我們在那些臆測家的統治下變得越來越工業化和軍

事化之後，對於母親、嬰兒和老人的照顧，或是提供給身體虛弱、經濟貧困之人的協助，真他媽的少得可憐。

我已經跟你們說過，所有這些資訊都是很新鮮的事。細菌致病的想法也還很新鮮，只不過是一百四十年前的事。我在長島薩加伯納克（Sagaponack）的房子，就差不多有這兩倍的光景。我不知道他們怎麼能夠活那麼久，久到足以完成這件事。我的意思是說，細菌理論的確是非常晚近的事情。在我父親還是孩子的時候，巴斯德（Louis Pasteur）[1]還活著，而且備受爭議。那時還有很多位高權重的臆測家，會對那些不聽從他們而相信巴斯德的人，大發雷霆。

是的，塞麥爾維斯也相信細菌會帶來疾病。他在奧地利維也納的婦產幼醫院任職時，發現平均每十個母親就有一個因為產褥熱而死，這令他深感震驚。

死去的都是窮人，因為富人都在家裡生產。塞麥爾維斯檢查了醫院的作業程序，懷疑是醫生把疾病傳染給病人。他注意到，醫生常常直接從太平間的屍體解剖室走到產房去給母親們做檢查。他建議做個實驗，請醫生在接觸孕婦之前先洗手。

哪有比這更無理的要求？他竟敢對他的上級前輩提出這樣的建議？他知道自己是個無名小輩。他是從外地來的，在奧地

1　巴斯德（1822-1895）：法國微生物學家暨化學家，近代微生物學的奠基人。

利的上流階層裡沒半個朋友或保護人。可是這類死亡情況一再
發生，而塞麥爾維斯比你和我更不懂得如何和這個世界上的其
他人打交道，他還是不斷要求他的同事們洗手。

最後，他們懷著冷嘲熱諷和輕蔑的態度同意做做看。他們
真該一遍又一遍的抹肥皂、一遍又一遍的搓洗，把他們的指甲
縫弄得乾乾淨淨。

沒人死了——你可以想像嗎！沒人再這麼死了。他拯救了
所有母親的生命。

因此，我們可以說，他拯救了成千上萬條生命，很可能也
包括你和我。那麼，維也納社會裡的那些醫界頭頭和所有的臆
測家們，是如何感謝塞麥爾維斯的？他被趕出醫院，趕出奧地
利，他曾經那麼盡心盡力為這麼國家的人民服務。他在匈牙利
的一家外省醫院裡結束了他的一生。在那裡，他對人性——也
就是我們，以及我們這個資訊時代的知識——和他自己都感到
絕望。

一天，在解剖室裡，他拿出他剛用來解剖屍體的解剖刀，
故意扎進自己的手掌。很快他就死於血液中毒，就像他早就預
料到的。

臆測家們一度擁有所有的權力。他們再次獲勝。實際上是

細菌獲勝。臆測家們也洩漏出他們的另外一些東西，這些東西如今我們已經很清楚了。他們對拯救生命實際上並不感興趣。在他們看來最重要的是聽話──因為，不管多無知，他們的臆測還是會一直一直持續下去。如果說有什麼東西是他們痛恨的，那就是聰明人。

　　所以，做個聰明人吧！拯救我們的性命，還有你的性命。做個受人尊敬的人！

WE DO, DOODLEY DO,
DOODLEY DO, DOODLEY DO,
WHAT WE MUST,
MUDDILY MUST,
MUDDILY MUST,
MUDDILY MUST,

UNTIL WE BUST,
BODILY BUST,
BODILY BUST,

BODILY BUST.

— BOKONON

我們做，

心不在焉地做，

心不在焉地做，

心不在焉地做，

我們必須做的，

必須糊里糊塗，

必須糊里糊塗，

必須糊里糊塗，

直到我們爆裂，

肉體爆裂，

肉體爆裂，

肉體爆裂。

——布克農

9

「己所不欲，勿施於人。」很多人以為這話是耶穌說的，因為耶穌也很愛說類似的話。但實際上這是孔子說的，這位中國的哲學家，比人類當中最偉大、最仁慈的耶穌早生了五百年。

透過馬可・波羅，中國給了我們麵條和火藥的配方。但中國人真笨，他們只會用火藥造炮竹。實際上，那個時候的所有人都很笨，生活在這個半球的人從來都不知道還有另一個半球存在。

從那時到現在，我們肯定走過了一條漫漫長路。有時候，我真的希望我們沒走過這條路。我憎惡氫彈，也憎恨傑瑞・史

賓格脫口秀（Jerry Springer Show）[1]。

但是回頭看看這些人，像是孔子、耶穌，甚至我兒子——馬克醫生，他們每個人都用自己的方式說過，我們該怎麼做才能更仁慈，才能讓這個世界少一點痛苦。我最喜歡的人物之一是尤金・戴布茲（Eugene Debs），他來自我故鄉印第安那州的特雷霍特（Terre Haute）。

聽好了。戴布茲1926年去世，那時我還不到四歲。他曾五次出任社會黨的總統候選人。在1912年的大選中，他獲得了九十萬票，約占人口選票的百分之六。在競選中，他這樣說：

> 只要還有下層階級，我就與之同儔。
> 只要還有犯罪分子，我就與之同流。
> 只要還有靈魂繫獄，我就無法自由。

社會主義的所有主張都讓你想吐對吧？比如，大公立學校，或者全民健保。

每天清晨，當公雞報曉，你離開床榻時，你是否願意說：「只要還有下層階級，我就與之同儔。只要還有犯罪分子，我就與之同流。只要還有靈魂繫獄，我就無法自由。」

---

1 傑瑞・史賓格脫口秀：美國知名的八卦脫口秀節目，經常以婚外情、性變態、變裝癖、父女亂倫、毒品犯罪等做為節目內容，內容低俗卻廣受歡迎。

再來看耶穌的「登山寶訓」和「八福真諦」是怎樣說的：

溫柔的人有福了！

因為他們必承受地土。

憐恤人的人有福了！

因為他們必蒙憐恤。

使人和睦的人有福了！

因為他們必稱為神的兒子。[1]

等等。

共和黨的黨綱裡絕對沒有這些，小布希、錢尼，或倫斯斐之流也絕對沒有說過這類話。

由於某種原因，我們當中最愛暢所欲言的基督徒從來不提「八福真諦」，倒是經常淚眼汪汪地要求把「十誡」張貼在公共場所。當然，「十誡」出自摩西之口，不是耶穌說的。我從來沒聽說過他們要求把「登山寶訓」和「八福真諦」張貼在什麼地方。

「憐恤人的人有福了」，在法庭上是否有效？「使人和睦的人有福了」，在五角大廈是否行得通？讓我喘口氣。

1　文見《新約・馬太福音》第五章第3-10節。

不管對任何人，理想主義都不是用芬芳的桃色雲霧組成的。它是法律。是我們美利堅合眾國的憲法。

　　但我個人感覺，我們這個國家，這個我曾在一場正義之戰中為它的憲法拚死保衛的國家，很有可能已經被火星人和盜屍人給侵占了。有時我真希望是如此。然而事實卻是，它被卑劣、低俗、愚蠢而無能的啟斯東式警察（Keyston Cops-style）[1]的幻想政變給接管了。

　　曾經有人問我，對於恐怖駭人的真人實境電視秀有什麼看法。我這裡就有一個絕對叫你毛骨悚然的真人秀：「耶魯大學的C等生」[2]。

　　小布希身邊糾集了一幫上流社會的C等生，這些人對歷史、地理一無所知，外加是明目張膽的白人至上主義者，又叫基督徒，外加是最駭人聽聞的精神變態人格，或稱PPs，這個醫學術語專指那些漂亮、聰明、沒有道德良心的人。

　　說某人具有精神變態人格，這是一個相當體面的診斷，就

1　啟斯東式警察：指1914-1920年間，由美國啟斯東電影公司拍攝的喜劇默片中的美國員警形象，以愚蠢無能著稱。
2　耶魯大學的C等生：美國小布希總統在耶魯大學讀書期間的成績為C，是一個剛剛及格的三流學生，馮內果借此來諷刺布希。

像說他（她）有盲腸炎或者足癬一樣。有關精神變態人格的經典醫學讀本是：《精神健全的面具》（*The Mask of Sanity*），這是喬治亞醫學院臨床精神病學教授克勒利（Dr. Hervey Cleckley）博士的著作，1941年出版。找來讀一讀吧！

有些人天生是聾子，也有些人天生是瞎子，等等。這本書寫的就是這種有先天缺陷的人，這些人正在把我們的國家和這個星球的其他許多地方搞得一團混亂。這些天生沒有道德良心的人，突然之間就掌控了一切。

這些精神變態者看起來有模有樣，他們完全知道自己的行為會給別人帶來災難，但他們毫不在乎。他們沒法在乎，因為他們是瘋子。他們的大腦少了一根筋。

還有什麼病症比這更適合用來描述安隆（Enron）、世界通訊（WorldCom）[1] 等等公司的執行長呢？這幫人坑害了他們的員工、投資者和國家，以此養肥了自己，而且還認為自己純潔無瑕，完全不在乎別人怎麼說他們，怎樣看他們。他們正在打一場可以把百萬富翁提升為億萬富翁，把億萬富翁提升為萬億富翁的戰爭，他們掌控了電視，他們給小布希捐款，理由當然不是因為小布希反對同性戀結婚。

現在，許多這類沒心沒肺的精神變態者都在我們的聯邦政

---

1 安隆與世界通訊：這裡指的是美國安隆能源供應公司和世界通訊公司作假帳的醜聞。這兩家公司都因作假帳於2001、2002年先後宣布破產。而在這些破產案中，受害最大的是廣大用戶及其合作伙伴。

府占據要職，他們擺出一副領袖而不是病人的樣子。這幫人大權在握。他們掌管了通訊和教育，而我們就好像又回到了納粹占領下的波蘭。

他們也許覺得，把我們的國家拖入這場無休止的戰爭，只是一件必須果斷去做的事。是什麼原因讓我們的公司和政府裡充斥了這麼多精神變態者，而且還爬到這麼高的位置？就是他們的堅決果斷。他們他媽的每天都處心積慮要做點什麼，他們什麼也不怕。他們不像正常人，他們從不遲疑，原因很簡單，因為他們他媽的根本不管下一步會發生什麼事情。他們就是不管。做這個！做那個！動員預備役軍人！把公立學校私有化！攻打伊拉克！削減醫療保險！竊聽私人電話！為富人減稅！建立耗資億萬美元的導彈防禦系統！去他媽的人身保護令！去他媽的山巒協會（Sierra Club）[1]！去他媽的《這些時代》！來拍我的馬屁吧！

我們那寶貴的憲法有一個悲劇性的缺陷，我也不知道該如何彌補它，那就是：只有神志不清的瘋子才想當總統。就算在中學也是一樣。只有腦筋明顯有問題的人才會去競選班長。

---

1 山巒協會：美國重要的環保組織，創建於1892年。該協會旨在保護未開發的地區，督促人們以負責任的方式利用地球的生態系統和資源，保護並恢復自然與人類的環境品質。

麥克・摩爾（Michael Moore）的《華氏911》（*Fahrenheit 911*）這個標題，諧擬了雷・布萊伯利（Ray Brandbury）著名的科幻小說《華氏451度》（*Fahrenheit 451*）。華氏451度碰巧是紙的燃點，而書是紙做的。布萊伯利小說裡的主人翁是一名市府工人，他的工作就是焚書。

談到焚書這個話題，我要向我們的圖書管理員致敬。他們不是以體魄強健、政治關係雄厚或財富驚人而聞名，他們在全國各地忠誠地抵制了那些想把某些書從書架上撤下來的反民主暴徒，他們銷毀借閱紀錄，而不是向思想警察披露借走這些書的人的名字。

因此，我熱愛的美國依然存在，只是並非存在於白宮、最高法院、參議院、眾議院或者媒體當中，而是存在於我們公共圖書館的櫃檯。

繼續我們關於書的話題：我們的日常消息來源，報紙和電視，現在是如此畏首畏尾，對於美國人的利益是如此遲鈍，如

此資訊閉塞。只有在書中，我們才能了解這世界到底發生了什麼事情。

　　看看克雷・安格（Craig Unger）的《布希王朝，沙烏地王朝》（*House of Bush, House of Saud*）[1]。此書出版於 2004 年年初，充滿卑劣、恥辱，浸透著鮮血的一年。

1　《布希王朝，沙烏地王朝》：此書的副標題為「世界上兩個最強大王朝之間的祕密關係」。安格以記者調查的方式揭露了布希家族和沙烏地家族之間長達三十年的不尋常關係，並指出它們對於美國外交政策、商業和國家安全的影響。

THAT'S THE END OF
GOOD NEWS ABOUT
ANYTHING. OUR
PLANET'S IMMUNE
SYSTEM IS TRYING
TO GET RID OF
PEOPLE. THIS IS
SURE THE WAY TO
DO THAT.
                KV
6 AM   11/3/04

不會再有任何好消息，
我們這個星球的免疫系統正打算幹掉人類，
是的，它一定會這樣做的。
——馮內果
2004年11月3日淩晨6點

十幾年前，伊蒲賽蘭蒂（Ypsilanti）一個愚蠢的女子給我寫了一封信。她知道我也蠢。「愚蠢」這個詞是指與小羅斯福一脈相承、終身不渝的北方民主黨人，也用來形容勞工大眾。這個女子想要生個孩子──當然不是跟我──她想知道，讓一個那麼可愛又無辜的小生命來到這個混亂的世界，是不是一件糟糕的事情。

她寫道：「一個四十三歲的婦女終於打算要個孩子，但又擔心這個新生命降臨到這個恐怖的世界。我想聽聽您對這件事的看法。」

　　我想對她說：別那樣做！這小孩可能是另一個小布希，或者波吉亞（Lucrezia Borgia）[1]。這小孩很幸運能出生在一個連窮人也嫌過度肥胖的社會，但不幸的是，在這裡，大多數人享受不到全民健保，享受不到公平的公立教育。在這裡，注射毒品和戰爭是一種娛樂形式。在這裡，上大學需要付出一隻胳膊和一條腿的代價。如果這孩子是個法裔加拿大人、瑞典人、英國佬、法國佬或德國佬，這些問題都不會存在。所以我該建議她要麼避孕，要麼移民。

　　但我是這樣回信的：於我而言，使我的存在有點價值的，除了音樂以外，便是我所遇到的所有聖徒，他們可能出現在任何地方。我所謂的聖徒，指的是這個極其下流的社會裡，卻能夠行事正派的人。

　　喬，一個匹茲堡年輕人，向我提出了這樣一個要求：「請您告訴我，一切都會好起來。」

　　「年輕人，歡迎你來到地球。」我說道：「這裡夏天炎

1　波吉亞（1480-1519）：教皇亞歷山大六世的私生女。出於政治利益，先後結過六次婚，以美貌和淫亂著稱。

熱，冬天寒冷，這是一個圓形的、潮濕的、擁擠的地方。喬，你充其量能在地球上待個一百年左右。我知道的唯一一條規則是：喬，你他媽的真該與人為善。」

最近，有一個西雅圖的年輕人寫信給我：

有一天，我在機場安檢門前被要求脫下鞋子。我把鞋放在盤子裡接受檢查時，突然湧起一種極其荒謬的感覺。我必須把我的鞋子脫下來，讓它接受X光的掃描，只是因為有些傢伙企圖用他們的鞋子炸掉飛機。我覺得我生活在一個即使是馮內果也無法想像的世界。所以，我發現我可以問您這樣一個問題：請告訴我，你能想像這樣的世界嗎？（假使有個傢伙發明了可以爆炸的褲子，那我們的麻煩就大了。）

我這樣給他回信：

沒錯，機場鞋子事件以及橙色警戒之類的東西，都是世界級的大笑話。而我一直以來最心儀的一個人物，是超級反戰的小丑阿比・霍夫曼（Abbie Hoffman, 1936-1989）[1]，他在越戰期間手淫。他宣稱新的高潮是把香蕉皮塞到直腸裡去。於是，聯邦調查局的科學家就用香蕉皮塞進自己的屁眼裡，想親自證明這是不是真的。或許這就是我們所期望的。

人們惶惶不可終日。拿這封沒有地址的信做個例子。信中寫道：

如果你知道有個人作勢威脅你──他可能口袋裡有一把槍，你覺得他會毫不遲疑把槍對準你──那麼你會怎麼做？我們都知道伊拉克作勢威脅我們和世界的其他地方，為什麼我們還坐在這裡假裝我們受到了保護？這就是為什麼會有蓋達組織，會發生「911」。因為伊拉克的關係，

1　霍夫曼（1936-1989）：美國政治行動主義者。1960年代積極投身於反越戰運動，有許多怪異極端的抗議行為。霍夫曼與1960年代美國的反文化運動和「垮掉的一代」（beat generation）關係密切。

這種威脅大規模存在。難道我們應該坐以待斃，像個小孩子那樣滿懷恐懼地坐著、等著？

我回信寫道：

求求您，看在我們所有人的份上，找一枝獵槍，最好是十二口徑雙管的，對著你家附近的鄰居掃射，當然，員警要除外，他們可是帶槍的。

緬因州小鹿島（Little Deer Isle）的某人寫信問我：

到底什麼才是蓋達組織殺戮和自毀的真正原因？我們的總統說：「他們憎惡我們的自由。」我們的信仰自由，我們的言論自由，我們選舉、集會和發表不同政見的自由，這些當然不是從關押在關塔那摩監獄（Guantanamo）的囚犯那裡得知的，也不是簡報告訴他的。為什麼媒體業和我

們選出來的政治人物允許布希這樣胡說八道？如果不告訴
美國人民真相，怎麼可能會有和平？我們又如何能信賴我
們的領導者呢？

好極了，那些人用米老鼠政變[1]的方式控制了我們的聯邦
政府，進而控制了整個世界。那些人拆除了憲法要求安裝的所
有防盜鈴，我是指參眾兩院、最高法院，和我們──廣大的人
民，可居然還有人希望這些人是真正的基督徒。莎士比亞很久
以前就告訴過我們：「魔鬼也可以引用聖經來達到目的。」
　　或者就像這位舊金山人士在他信裡所寫的：

　　美國大眾怎麼會這麼蠢？還相信布希是人民選出來的，
　　還相信他關心我們，相信他知道自己正在做什麼。我們怎
　　麼可以藉由殺戮和摧毀別人的家園來「拯救」他們呢？我
　　們怎麼可以只因為相信自己即將遭受攻擊而率先發動攻勢
　　呢？布希完全沒有判斷力，沒有理智，沒有道德底線。他
　　只是一個把我們所有人都帶上懸崖的大傻瓜。人們怎麼看
　　不出白宮裡面的那些軍事獨裁者根本什麼也沒穿呢？

1　米老鼠政變：源於迪士尼卡通片中的米老鼠形象，指不計後果，無論出現任何問
　　題，都可以重新來過的政治更迭。

　　我告訴他，如果他不能肯定我們究竟是不是地獄裡的魔鬼，他應該讀一讀馬克・吐溫的《神祕來客》（The Mysterious Stranger），這本書寫於1898年，距離第一次世界大戰（1914-1918）還很久。在這個故事裡，馬克・吐溫證明了他自己的可怕信仰，當然還有我的：是撒旦而不是上帝創造了這個星球，創造了「受詛咒的人類」。如果你對此還有疑問，拿起你們的早報讀讀看吧。隨便哪一種報紙都行。也不管是哪天的。

WHAT IS IT,
WHAT CAN IT
POSSIBLY BE
ABOUT
BLOW JOBS
AND GOLF?

— MARTIAN VISITOR.

這是什麼？

到底什麼是口交？

什麼是高爾夫？

──火星訪客

II

注意，現在我要告訴你們一個好消息，再告訴你們一個壞消息。壞消息就是火星人已經在紐約城登陸，就住在華爾道夫大飯店（Waldorf Astoria）[1]。好消息是他們只吃各種膚色、無家可歸的男人、女人和小孩，而他們尿的是石油。

把這些尿加到法拉利裡，速度可以飆到時速一百英里。加在飛機裡，飛機可以快得像子彈，然後把各種糞便撒在阿拉伯人頭上。把它們加一些在校車裡，可以接送孩子們上學放學。

1　華爾道夫大飯店：紐約曼哈頓地區的著名飯店，1931 年正式啟用，至今仍是許多政商名流下榻紐約的首選之地。

加在消防車的引擎裡，可以將消防員送到火災現場把火撲滅。加一些在本田汽車裡，則可以載著你上下班。

再等等，你就會知道火星人拉的大便是什麼。是鈾。只要一點點這種玩意兒，就夠給塔科馬市（Tacoma）的所有家庭、學校、教堂和商店照明、取暖。

不過嚴肅一點，如果你有持續留意超市小報裡的時事，你就會知道有一幫火星人類學家，在過去的十年裡一直在研究我們的文化，因為我們的文化是這個星球上唯一還值得研究一番的東西。你當然可以把巴西、阿根廷拋到腦後。

不過呢，他們上星期還是回老家了，因為他們知道全球暖化會變得多麼可怕。附帶說一句，他們的太空交通工具不是飛碟，而比較像一個會飛的有蓋湯碗。另外，這些火星人個頭很小，只有六英尺高。他們的皮膚不是綠色，而是淡紫色。

在離開地球的告別演說中，他們那個淡紫色的小頭領，用她那細細的、微弱的、含混的聲音說，在美國文化中，有兩樣東西火星人永遠無法理解。

「那便是，」她用吱吱的聲音說：「到底什麼是口交和高爾夫？」

近五年來我一直在寫一部關於吉爾・鮑曼（Gil Berman）

的小說，這是其中的片段。鮑曼小我三十六歲，是世界末日時刻的一個滑稽喜劇演員。在這本書裡，我們捕光了海裡所有的魚，點燃了最後一塊、一滴或一陣煙似的石化燃料，這本書就是拿這些事情開玩笑。但書寫到這兒並沒有結束。

這本書暫定的題目——實際上也可能不是暫定的——叫《如果上帝今天還活著》（*If God were Alive Today*）。嘿！聽好了，現在我們應該感謝上帝，把我們生在這個連窮人也過度肥胖的國家裡。但布希的減肥食譜可能會改變這一切。

至於我那本永遠都不會完成的小說《如果上帝今天還活著》，它的主人翁，那個世界末日時刻的滑稽喜劇演員，他公開斥責我們對於石化燃料的過度熱中和白宮的那些推手，而且基於人口過多的原因，他也反對性交。鮑曼告訴他的聽眾：

> 我已經成了一個狂熱的無性主義者。至少有百分之五十的羅馬天主教僧侶是禁欲的，我和他們一樣。禁欲不像根管治療。它非常便宜，非常方便。說到安全性交。你不必在事後做任何事，因為壓根兒就沒有事後。
>
> 當我的怒火——那是我對電視機的稱呼——在我面前閃現出乳房和笑臉，說今晚除我以外，所有人都性交去了，

說這可是個全國性的危機，於是我衝出去買車或買藥丸，或是買一具可以藏在床底下的摺疊式健身器，然後我像一隻鬣狗般發出笑聲。我知道，你也知道，數以百萬的美國好公民，在座的也不例外，今晚將不會幹那檔子事。

如果讓我們這些狂熱的無性主義者來投票，我們會期待著某一天，美國總統——他很有可能今晚也不幹那檔子事——宣布制定全國無性者榮譽日。那麼在我們的小房間外面，會有成千上萬人加入我們。我們將挺起胸膛、抬起頭顱，沿著塞滿我們這些笨蛋民主狂的主街遊行，像一群鬣狗那樣歡呼。

那麼上帝呢？如果他今天還活著會怎麼樣？鮑曼說：「上帝將不得不成為無神論者，因為大便已狠狠地砸在冷氣上了。」[1]

我在想我們所犯的最大錯誤，除了成為人以外，就是跟時間打交道這回事。我們用各種各樣的工具，比如鬧鐘和日曆，

1　馮內果在《戲法》一書中，曾用「大便砸在冷氣上」來形容越戰結束。

把時間切得像一片片義大利臘腸，我們還給這些切片取了名字，好像我們擁有它們，而它們是永恆不變的一樣，比如1918年11月11日上午11點，但實際上，它們只是一些裂開的碎片，或說是一團一閃而逝的水銀球。

難道我們不可以說，第二次世界大戰是第一次世界大戰的導火線嗎？否則，我們就無法解釋那場荒誕至極的第一次大戰。或者我們應該這麼說：那些看起來如假包換的天才們，比如巴哈、莎士比亞和愛因斯坦，實際上並不是超人，而只是從未來抄襲了一大堆材料的剽竊者？

2004年1月20日，星期二，我給《這些時代》的編輯喬爾・布雷夫斯（Joel Bleifuss）發了這樣一份傳真：

> 橙色警戒
> 美東時間晚上八點，
> 將有經濟恐怖分子襲擊

寇特‧馮內果

　　他很著急地打了一通電話問我到底發生了什麼事。我回答說，等我徹底掌握布希打算在國情咨文演說[1]中發射哪些炸彈之後，我會告訴他究竟是怎麼回事。

　　那天晚上我接到了我的朋友，過氣科幻小說家圖勞特（Kilgore Trout）[2]的電話，他問我：「你有收看國情咨文演說嗎？」

　　「有呀！這篇演說毫無疑問可以幫助我們更加牢記英國社會學家兼劇作家蕭伯納對我們這個星球的說法。」

　　「他說什麼了？」

　　「他說：『我不知道月亮上是不是住著人，如果有，他們一定是把地球當成他們的瘋人院。』他說的可不是什麼病毒或者大象。他說的是我們人類。」

　　「OK。」

　　「難道你不覺得這個星球是宇宙的瘋人院嗎？」

　　「寇特，我想我並沒有表達任何看法。」

　　「我們正在利用各種由核能和石化燃料所製造的熱力學狂歡，來謀殺這個星球的維生系統。每個人都知道這件事，但誰

1　國情咨文演說：2004年1月20日晚上八點，布希在參眾兩院聯席會議上發表了一年一度的國情咨文演說，針對他的反恐戰爭和國內經濟政策提出辯護。布希在演說中表示，即使在缺乏廣泛支援的情況下，他也會毫無顧忌地發動對伊拉克的戰爭，因為「美國絕不會為捍衛自己的安全而尋求批准」。馮內果傳真中的「經濟恐怖分子」，就是用來諷刺布希。

2　圖勞特：馮內果筆下的虛構人物，是一位落魄潦倒的科幻小說家，經常出現在他的不同作品中，包括：《冠軍的早餐》、《囚犯》、《時震》等。

也不在乎。由此可見我們有多瘋狂。我想，這個星球的免疫系統正努力用愛滋病毒、各種變型流感病毒和肺結核病毒等等，把我們驅逐出去。我認為，這個星球確實應該驅逐我們。我們真是可怕的動物！芭芭拉‧史翠珊在她的歌裡這樣唱：『需要別人的人是這世上最幸福的人。』我的意思是讓她閉嘴，因為她說的是食人族。有那麼多可吃的，當然幸福了。沒錯，這個星球正在努力把我們驅逐出去，但我認為已經太遲了。」

　　我對這位朋友說聲再見，掛斷了電話，然後坐下來寫下了這個墓誌銘：「這個美好的地球──我們本來可以拯救它，但我們太他媽的卑鄙懶惰了。」

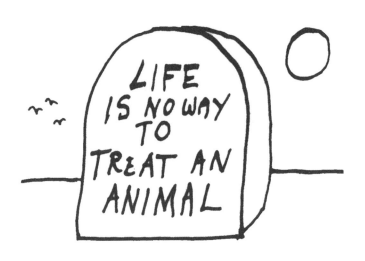

生命從不善待任何動物。

PECULIAR
TRAVEL SUGGESTIONS
ARE
DANCING LESSONS
FROM GOD.

-BOKONON

怪異罕見的旅行建議

是上帝指定的舞蹈課。

——布克農[1]

1　出自《貓的搖籃》。

我過去是一家名叫紳寶鱈角的汽車經銷公司的老闆兼經理，公司在麻省的西巴恩斯特塔伯（West Barnstable）。三十三年前，公司倒閉了，我也失業了。那時的紳寶和現在一樣，是一個瑞典轎車的牌子。我現在確信，很久以前那次經商失敗的經歷，正好可以解釋這個深刻的謎團：為什麼瑞典人總是不把諾貝爾文學獎頒給我。有一則古老的挪威諺語這樣說：「瑞典人陰莖短但記性長。」

聽好了，那時的紳寶汽車只有一種款式：像福斯汽車一樣的甲蟲外形，兩門，但引擎前置。開向車尾氣流的自殺式車門

是它的特色。紳寶和其他轎車不一樣，它的引擎是兩缸而不是四缸的，比較像你家的除草機或尾掛馬達。所以，每次給你的油箱加油時，還得同時給油罐加油。無論是出於什麼理由，一個喜歡乾脆的女人是不想這麼做的。

這種轎車最大的賣點在於，紳寶可以把停在紅燈前的福斯硬生生拉走。但如果你忘了在最後一個油箱裡加油的話，那麼你和你的車就會變成爆竹煙花。這種車也有前輪傳動，這對行經易滑路面或拐彎加速時也有點幫助。有一次，一個可能的買主這樣對我說：「既然他們製造了最好的手錶，他們沒道理做不出最好的轎車，對吧？」對此我深表贊同。

那時的紳寶，跟今天那些千篇一律的時髦、有力、四汽缸雅痞車，可是大不相同。如果喜歡的話，你可以說它是那些先前從沒造過汽車的飛機廠工程師的夢遺。夢遺，我是這麼說的吧！再仔細看看這個：儀錶板上有一個環，它連接著發動機皮帶輪上的鏈子。拉一拉這個環，車前護網後面的彈簧卷軸就會升起一道窗罩，這是為了在停車期間保持引擎的溫度。如此一來，只要沒離開太久，回來後立刻可以發動引擎。

但是如果離開的時間太長，那麼無論有沒有拉下窗罩，油都會從燃氣中分離出來，像蜜糖一樣沉到箱底。然後當你再次

發動時，它便會像戰鬥中的海軍驅逐艦一樣放出煙幕彈。實際上我真的用這種方法在正午時分讓整個伍茲霍爾鎮（Woods Hole）籠罩在一片黑暗之中，結果是一輛紳寶在那個車位上扔了一個禮拜左右。後來當地老一輩的人告訴我說，他們至今仍然非常驚訝，那麼多的煙到底是打哪兒來的。於是我開始說瑞典工程師的壞話，也就這樣，我和諾貝爾獎始終無緣了。

　　逗人發笑絕非易事。例如，在《貓的搖籃》裡，都是一些非常短的篇章。每一篇都代表了一天的工作，每一篇都是一個笑話。如果寫的是悲劇場景，我就不必那麼費心安排，讓它有模有樣。你不可能點不燃一個悲劇場景。在悲劇中，只要把所有正確的因素統統擺出來，絕對會感動人心的。但講笑話就像是根據老鼠的抓痕來設捕鼠器一樣。你必須做得相當精巧，才能讓它在該夾住的時候突然夾住。
　　我仍然在聽喜劇，這類喜劇現在已經不太常見了。最接近的是，葛丘・馬克斯（Groucho Marx）的益智節目《以命相賭》

（*You Bet Your Life*）的重播。一些原本非常風趣的作家不再風趣了。他們變得嚴肅起來，自然也就不再講笑話了。我很懷念麥克‧弗萊恩（Michael Frayn）[1]，他是寫《錫人》（*The Tin Men*）的英國作家。他的腦子不知發生了什麼事，讓他變成一個非常嚴肅的人。

幽默是一種遠離殘酷生活，從而保護自己的方法。但到頭來，你終究是太累了，而現實則太過殘酷，於是幽默再也起不了作用。有一些人，像馬克‧吐溫一樣，認為生活是殘酷的，只好用笑話來中和調劑。然而當他妻子，他最好的朋友，還有他的兩個女兒去世之後，他再也幽默不起來。只要你活得夠久，你身邊的許多人都會先你而去。

我可能再也無法開玩笑了——因為它不再是一種令人滿意的防禦機制。有些人很風趣，有些人並非如此。我過去確實很風趣，但如今或許不再是了。太多的打擊和失望，讓幽默再也不能發揮防禦作用。我可能已經成了一個非常乖戾的人，因為總是有很多事情觸怒我，讓我無法一笑置之。

這種情形可能已經發生了。我真的不知道從今以後我會變成什麼樣子。我只能一路看著我的這具身體和大腦自行起變化。成為作家這件事，連我自己也嚇了一跳。我的生活，我的

1　弗萊恩（1933-）：英國戲劇家、小說家、翻譯家，以戲劇《哥本哈根》（*Copenhagen*, 1998）和《民主》（*Democracy*, 2003）著稱。

創作，我都無法控制。我所認識的其他作家都認為他能夠駕馭自己，但我沒有這種感覺。我沒有那種控制力。我只是讓一切順其自然而已。

　　我真正想做的，就是給人們歡笑開懷。幽默就像阿斯匹靈一樣，可以減輕痛苦。如果從現在開始的一百年內，人們還能一直歡笑下去，我絕對會非常欣喜、滿足。

　　我要向所有與我孫子同年齡的人致歉。可能正在讀著本書的諸位，大多與我孫子年齡相仿。這些人，比如說你吧，被我們這些嬰兒潮世代創辦的公司和政府，冠冕堂皇地利用矇騙。

　　沒錯，這個星球現在一團糟。但它一直以來都是一團糟的。從來就沒有過什麼「過去的好日子」，有的就只是一天又一天的日子。正如我對孫子說的：「別看我。我也是剛剛才到這兒的。」

　　有些沒用的老蠢蛋會說，只有經歷過九死一生，像是他們所經歷的那些著名的災難，比如大蕭條、二次大戰、越戰等

等，才能真正長大成人。說故事的人得為這種毀滅性的自殺式神話負責。在故事中，我們一次又一次看到，每當經歷過一場大災難後，主人翁就會說：「今天我終於成了一個女人。今天我終於成了一個男人。結束。」

我從二次大戰的戰場上回家時，丹叔叔拍了拍我的後背說：「你現在是個男子漢了。」於是我殺了他。不是真的殺，但我真的覺得我那樣做了。

丹是個壞叔叔，他說一個男人不上戰場，就算不上真正的男子漢。

但我還有個好叔叔，我的小叔叔亞歷克斯。他是我父親的小弟，一個沒有子嗣的哈佛畢業生，印第安那波里斯一名正直的人壽保險推銷員。他涉獵廣泛，富有智慧。他經常掛在嘴上的招牌抱怨是，人總是身在福中不知福。夏天時，我們經常在蘋果樹下喝著檸檬水，懶洋洋地說長道短，發出蜜蜂一樣的嗡嗡聲。每當這個時候，亞歷克斯叔叔便會打斷這種愜意的胡說八道，大聲喊著：「如果這不叫幸福，還有什麼是幸福呢？」

所以現在我也這樣做，我的兒子，我的孫子也這樣做。我奉勸大家，人在福中一定要知福，要大聲宣布或低聲呢喃或沉思片刻：「如果這不叫幸福，還有什麼是幸福呢？」

想像力並非與生俱來，而是由老師、父母培養的。曾經有一段時間，想像力非常重要，因為它是娛樂的主要來源。1892年時，如果你是一個七歲的小孩，你讀了一個故事，就是很簡單的那種，講一個小女孩的小狗死了。這種故事不會讓你想哭嗎？你會不知道那個小女孩的感受嗎？然後你讀了另一個故事，講一個有錢人被香蕉皮滑了一跤。這個故事不會讓你捧腹大笑嗎？想像力的迴路就是這樣在你的大腦中建立起來。如果你去參觀一座美術館，那裡只掛著一個方形畫框，畫框裡是一幅幾百年都沒有挪動過的胡亂塗鴉。你對它不會有任何感覺。我們腦袋裡的想像力迴路，就算對最細微的暗示也能做出反應。一本書不過就是二十六個字母、十個數字和八種標點符號的排列組合，但人們卻能在將它們收入眼簾之後，想像出維蘇威火山爆發和滑鐵盧戰役。不過現在，我們再也不需要教師和家長去建立這樣的想像迴路了。現在多的是由大明星、逼真場景、聲響和音樂構成的專業製作，多的是資訊高速公路。我們

現在不需要這樣的想像迴路，就像我們不需要知道如何騎馬一樣。但是我們這些擁有想像迴路的人，能從別人的臉上看到故事；而在其他人眼中，一張臉就只是一張臉。

我在一開頭就告訴過你們，永遠不要用分號，但剛剛我卻用了。這麼做是為了指出一點。那就是：規則就只能帶我們走這麼遠，再好的規則也一樣。

誰是我一生中碰過最有智慧的人？他曾經是個人，當然，他已經不需要再是個人了。他就是平面藝術家索爾・史坦伯格（Saul Steinberg）。像我認識的其他人一樣，他已經死了。我可以問他任何事情，只要短短六秒，他就會用嘶啞的、幾乎是咆哮的嗓音給出一個完美的答案。他出生在羅馬尼亞，用他自己的話說，是出生在一棟「鵝可以從窗戶探進腦袋」的屋子裡。

我問：「索爾，我應該怎樣看待畢卡索？」

六秒後，他開口了：「上帝把他送到人世間，是為了讓我們看看什麼是**真正的**富有。」

　　我又問道：「索爾，我是一個小說家，我的許多朋友也是小說家，有一些還是相當不錯的小說家。但是我們交談的時候，我總覺得我們是在做兩件非常不一樣的事。我為什麼會有這種感覺呢？」

　　六秒後，他開口了：「這很簡單。這世上有兩類藝術家，其中一類並不見得比另一類好到哪去。但是有一類藝術家反映的是迄今為止他或她自己的藝術史，而另一類藝術家則是反映生命本身。」

　　我又發問：「索爾，你是不是很有**天賦**？」

　　六秒後，他咆哮道：「絕不！但是你對任何藝術作品的反應，都是藝術家對其自身局限的挑戰。」

82 AS OF
11/11/04

安 魂 曲

我們這個被釘上十字架的星球，
假如它能找到一種反諷的聲音，
一種反諷的感覺，
它很可能會對我們的濫用破壞
這麼說：
「天父啊，赦免他們！
因為他們不知道自己在做什麼。」

這裡的反諷是
我們知道我們在做什麼。

當最後的生物
因我們而死

那會是何等的詩意
假使地球能夠說話，
以一種縹緲的聲音
也許
從大峽谷底飄逸出來，
「事情就是這樣。」
這裡的人不歡迎它。

MY
FATHER SAID,
"WHEN IN DOUBT,
CASTLE."

Kurt Vonnegut

我父親說：

「舉棋不定，車王易位。」[1]

1　車王易位（Castle）：西洋棋術語，指一步棋扭轉局面，達到反守為攻的目的。此處的意思是陷入困惑時，應換個角度尋找突破。

跋　記

　　這本書中穿插了許多滿版的手寫箴言，如果你喜歡，可以把它們叫做「適合框裱的樣本」，它是我和喬・派特羅三世（Joe Petro III）合夥的「紙藝快遞」（Origami Express）的產品，總部位於肯塔基州萊克辛頓（Lexington）喬的油畫和絹印工作室。由我畫出圖畫，然後由喬用橡膠滾軸壓過絹布印在紙上，一張接一張、一種顏色接一種顏色地印，是一種很耗時間的古老絹印程序，除了他之外，幾乎沒人在做這種印刷了。這套程序是如此辛苦細膩，又充滿觸感，幾乎像在跳芭蕾一樣，因此，喬所製作出來的每一紙印刷，本身就是一幅繪畫。

　　我們這個合作社叫「紙藝快遞」，是我根據喬寄來的多層包裝盒起的名字，喬把他印好的作品放在裡面，寄給我簽名和編號。喬為「紙藝快遞」所設計的標誌，並不是他按照我寄給他的圖片重畫的，而是他在我的小說《冠軍的早餐》中找到的

一張我畫的圖片：空中有一顆正在落下的炸彈，旁邊寫著：

　　再見

　　憂鬱的

　　星期一

　　我一定是活著的人當中最幸運的一個，因為到目前為止我已經活過了四個二十外加兩個年頭。我已經記不清有多少次我早該死了，或說我希望我已經死了。對我而言，我這輩子最最幸運的事情之一，就是遇到了喬，使我有這千載難逢的機會享受到完全的單純。

　　事情是這樣的：早在1993年，也就是差不多十一年前，依照我的行程安排，11月1日我將在萊克辛頓邊境上的一所女子學院──米德維學院（Midway College）──舉行一場演講。早在我上台之前，一位肯塔基藝術家，喬・派特羅三世，他是肯塔基老藝術家喬・派特羅二世的兒子，請求我畫一幅黑白自畫像，他想把它做成絹印海報，張貼在學校做宣傳。於是我畫了，他印了。那時喬只有三十七歲，而我也不過是七十一歲的毛頭小夥子，還不到他歲數的兩倍。

　　等我去那裡演講時，我對那些海報滿意極了，我還從喬那兒得知，他會畫一些浪漫風格而非科學精準式的野生動物圖案，然後把它們製成絹印圖像。他曾在田納西州立大學主修過動物學，難怪他的一些作品看起來如此生動又富有教育性，經常被綠色和平組織當成宣傳畫。順便補充一句，這個組織一直以來都在竭力阻止我們以現在的生活方式謀殺其他物種，甚至包括我們自己，顯然，到目前為止，離成功還很遙遠。喬給我看了他做的海報，他的一些作品，也帶我參觀了他的工作室，然後他對我說：「我們為什麼不繼續走下去呢？」

　　於是我們開始合作。現在回想起來，喬・派特羅很可能救了我一命。我不想對這件事多做解釋。讓它就此打住。

　　從那時開始，我們一起製作了兩百多幅不同的圖像，由喬編輯，由我簽名和編號，每張圖像都會印個十來幅左右。這本書中所附的「樣品」並不能代表我們的所有作品，那些只是最近創作的一些詼諧文字。我們的原始素材大多是從保羅・克利（Paul Klee）[1]和馬塞・杜象（Marcel Duchamp）[2]等人那兒剽竊來的。

　　自從我們第一次相遇以來，喬總是不斷纏著別人給他寄來畫作，然後再以他一貫喜愛的方式對這些作品進行處理。被他

1　克利（1879-1940）：瑞士抽象派畫家，現代藝術大師。
2　杜象（1887-1968）：法國現代藝術大師，代表作有《下樓梯的裸女》、取名為《泉》的小便斗現成物，以及長了鬍子的蒙娜麗莎畫像等。

這樣軟磨硬泡過的人包括喜劇演員強納森・溫特斯（Jonathan Winters），很久很久以前他可是一名藝術系的學生，另外還有英國藝術家拉爾夫・史泰德曼（Ralph Steadman），最近他為杭特・湯普森（Hunter Thompson）[1]的《賭城情仇》（*Fear and Loathing*）所做的插圖相當具有震撼力。也是因為喬的關係，我和史泰德曼才會彼此認識，結為好友。

對了，去年（2004年）7月，在我的出生地，印第安那波里斯的藝術中心，喬安排了一次我們兩人的作品展。不過其中還包括我祖父，建築師暨畫家伯納・馮內果（Bernard Vonnegut）的一幅畫作，以及我父親的兩幅作品，他同樣是位建築師暨畫家，除此之外，還有我女兒伊蒂絲（Edith）和我兒子馬克醫生的作品各六幅。

史泰德曼從喬那兒聽說了這次家族畫展，給我捎來封祝賀信。我在回信中寫道：「喬・派特羅在印第安那波里斯布置了一個舞台，讓我的家族四代會聚一堂，也是因為他，使你我情同手足。難道他就是上帝嗎？我們不可能比他做得更好！」

當然，這只是個玩笑。

「紙藝快遞」的作品到底好在哪裡？這個嘛，我曾經問過畫家悉德・所羅門（Syd Solomon）這樣一個問題：如何區分一

---

1 湯普森（1937-2005）：1960年代《滾石》雜誌的特約撰稿人，創造了捨棄客觀的「剛左報導」（gonzo）風格，對後來的新聞寫作產生了重大影響。英國插畫家史泰德曼是他的合作搭檔。

幅作品的好壞。很遺憾，他已經去世了，我們曾經在長島比鄰而居，度過了許多個十分愜意的夏日時光。他給了一個我能想到的最好答案，他說：「看過一百萬張畫之後，你就不會再出錯了。」

我把這個答案告訴了女兒伊蒂絲，她是個專業畫家，她也認為這是個非常好的答案。她說，她「可以悠悠晃晃地在羅浮宮裡走著，一邊看著畫作一邊說：『好，不好，不好，好，不好，好……』」。

如何？

生平重要事件

時間 作品

馮內果被德軍囚禁在德勒斯登戰俘營時，與戰俘躲在名為第五號屠宰場的地下肉類儲藏室，而成為倖存七名美軍戰俘之一。並以此經驗寫出《第五號屠宰場》。戰爭結束後與高中同學Jane Marie Cox結婚，生了三個小孩。
在芝加哥大學修習人類學，但沒拿到學位，轉而接受奇異公司的公關工作。

就讀康乃爾大學。二次大戰開始後，離開學校從軍，軍方送他去巴特勒大學修細菌學，接著到卡內基技術學校與田納西大學修機械工程。

就讀蕭瑞吉高中。

十一月十一日出生於美國印第安那州。

| 1922 | 1936 | 1940 | 1945 |

離開奇異公司，成為專職作家。

馮內果第一本小說出版

姐姐因癌症過世，馮內果領養了姐姐的三個小孩。

| 1951 | 1952 | 1958 | 1959 | 1961 |

《自動鋼琴》

《泰坦星的海妖》

《夜母》、《哈里森‧布吉朗》

暫停寫作並與Jane Marie Cox 離婚

1963	1965	1968	1969	1971

《貓的搖籃》

《金錢之河》

《歡迎到猴子籠來》

《第五號屠宰場》

與 Jill Krementz 結婚，育有女兒 Lily。

| 1973 | 1974 | 1976 | 1979 | 1981 |

《冠軍早餐》

《此心不移》

《鬧劇》

《囚犯》

《聖棕樹節》

生平重要事件

出版半自傳體《時震》，在書中他誓言絕不再提筆，宣稱「上帝要我停止寫作」。

時間　作品

| 1982 | 1985 | 1987 | 1990 | 1997 |

《槍手狄克》

《加拉巴哥群島》

《藍鬍子》

《戲法》

《時震》

重新提筆進行新的寫作計畫。

四月十一日，在紐約市病逝，享年八十四歲。

2002 **2005** **2007**

《沒有國家的人》

A Man Without A Country by Kurt Vonnegut
Copyright © 2005 by Kurt Vonnegut
Complex Chinese translation copyright © Rye Field
Publications,
a division of Cité Publishing Ltd.
Originally published by Seven Stories Press, New York, U.S.A. 2005
Chinese complex translation arranged with Seven Stories Press
Through the Chinese connection Agency, a division of The Yao
Enterprise, LLC
All Rights Reserved.
本書中文譯稿由上海世紀出版股份有限公司世紀文景文化
傳播有限公司授權使用

國家圖書館出版品預行編目資料

沒有國家的人／馮內果（Kurt Vonnegut）著；
　劉洪濤譯. -- 三版. -- 臺北市：麥田出版：
　英屬蓋曼群島商家庭傳媒股份有限公司城邦
　分公司發行, 2025.1
　面；　公分
　譯自：A man without a country.
　ISBN 978-626-310-805-9（平裝）

874.6　　　　　　　　　　　　　　113017620

PEOPLE 1

沒有國家的人
A man without a country

作者	馮內果（Kurt Vonnegut）
譯者	劉洪濤等
特約編輯	吳莉君
責任編輯	林虹汝（三版）
封面設計	兒日設計
排版	李秀菊
印刷	中原造像股份有限公司
國際版權	吳玲緯　楊靜
行銷	闕志勳　吳宇軒　余一霞
業務	李再星　陳美燕　李振東
總輯總監	劉麗真
事業群總經理	謝至平
發行人	何飛鵬
出版	麥田出版
	115台北市南港區昆陽街16號4樓
	電話：886-2-2500-0888　傳真：886-2-2500-1951
發行	英屬蓋曼群島商家庭傳媒股份有限公司城邦分公司
	115台北市南港區昆陽街16號8樓
	客服專線：02-25007718；02-25007719
	24小時傳真專線：02-25001990；02-25001991
	服務時間：週一至週五上午09:30-12:00；下午13:30-17:00
	劃撥帳號：19863813　戶名：書虫股份有限公司
	讀者服務信箱：service@readingclub.com.tw
	城邦網址：http://www.cite.com.tw
香港發行所	城邦（香港）出版集團有限公司
	香港九龍土瓜灣土瓜灣道86號順聯工業大廈6樓A室
	電話：852-25086231　傳真：852-25789337
	電子信箱：hkcite@biznetvigator.com
馬新發行所	城邦（馬新）出版集團
	Cite（M）Sdn. Bhd.（458372U）
	41, Jalan Radin Anum, Bandar Baru Seri Petaling, 57000 Kuala Lumpur, Malaysia.
	電話：+6(03)-90563833　傳真：+6(03)-90576622　電子信箱：services@cite.my

初版一刷　2007年4月
二版一刷　2016年2月
三版一刷　2025年1月

ISBN：978-626-310-805-9（紙本書）　　978-626-310-806-6（EPUB）

城邦讀書花園
www.cite.com.tw
書店網址：www.cite.com.tw